巨大な夢をかなえる方法

世界を変えた12人の卒業式スピーチ

佐藤智恵 訳

文藝春秋

巨大な夢をかなえる方法　世界を変えた12人の卒業式スピーチ

目次

ジェフ・ベゾス［アマゾン創業者］
賢さと、優しさ……7
君たちは自分の才能をどのように使うのか。
私は10歳のとき、祖母の涙によって
そのことに初めて気づかされた。

ラリー・ペイジ［グーグル創業者］
巨大な夢をかなえる方法……19
23歳のある夜のこと。夢の〝お告げ〟を受けて
一晩中、アイデアを書き続けたんだ。
それはのちに、最高の検索エンジンとなった。

ジェリー・ヤン［ヤフー！創業者］
〝野蛮で失礼な〟若者……35
ヤフーとは、〝野蛮で失礼な人〟という意味。
博士論文そっちのけで、ウェブサイト作りに
熱中していた僕たちは、まさにヤフーだった。

ディック・コストロ［ツイッターCEO］……49
この瞬間を生きる
オバマ大統領の勝利宣言、東日本大震災、アラブの春。
ツイッターが使われるとは、想像さえしなかった。
自分が起こすであろうインパクトは、事前に想定できない。

ジャック・マー［アリババグループ創業者］……69
大学受験に3度失敗して
私が14年間で得た哲学はひとつ。
今日はつらい。明日はもっとつらい。
でも明後日には、素晴らしい一日が待っている。

シェリル・サンドバーグ［フェイスブックCOO］……81
リーン・イン！
「世界は男性に支配されている」という悲しい現実。
決断の日が来るまで、野心を持って
リーン・イン（前進）し続けてほしい。

「イーロン・マスク［テスラモーターズ創業者］
地球のバックアップを
地球が滅亡する可能性が、1%でもあるとしたら。
そのバックアップとして、地球外にある
別の惑星を確保しておきませんか? …… 103

「サルマン・カーン［カーンアカデミー創設者］
思考実験としての輪廻転生
50年後、人生を振り返ったときに後悔のないよう。
ジーニー（ランプの魔人）に二度目の人生を
与えられたのだと思って、毎日を生きてください。 …… 121

「トム・ハンクス［俳優］
不安ではなく、信念を育め
不安は靴のかかとに噛みつき、歩みを遅らせる。
一方、信念は、かかとをポンと押し、創造性を刺激し
私たちの足を前に進めてくれるのです。 …… 139

メリル・ストリープ［俳優］……161
演技する理由
演技に目覚めたのは6歳のとき。その威力を実感したの。
以来、かわいい女の子から、「プラダを着た悪魔」の
鬼編集長まで、たくさんの女性になりきってきた。

マーティン・スコセッシ［映画監督］……183
1ミリも才能がない？
芸術家の人生をトータルで考えれば
たまに訪れる成功の数よりも試練の数のほうがずっと多い。

チャールズ・マンガー［バークシャー・ハサウェイ副会長］……219
成功の秘訣は「学習マシーン」
バークシャー・ハサウェイが成功したのは
ウォーレン・バフェットがたゆまぬ「学習マシーン」だったから。

解説　一世一代のスピーチに、12人が託した「未来」とは　佐藤智恵……254

装丁／本文デザイン　関口聖司

Jeff Bezos

ジェフ・ベゾス

（アマゾン創業者）

賢さと、
優しさ

君たちは自分の才能をどのように使うのか。
私は10歳のとき、祖母の涙によって
そのことに初めて気づかされた。

Jeff Bezos

1964年、ニューメキシコ州生まれ。少年時代から科学実験や発明に興味を持つ。プリンストン大学にて計算機科学と電気工学の学位を取得。卒業後はウォール街へ。金融機関のIT部門を経て、ヘッジファンドへ移籍するも、ネット書店のアイデアを思いつき退職。1995年、アマゾン・ドット・コムを創業する。顧客第一という企業理念のもと、本のみならず日用品や家電なども扱う。電子書籍リーダーKindleの発売は、読書体験を変えたとされている。1999年、タイム誌のパーソン・オブ・ジ・イヤーに選ばれる。2000年、廉価で安全な宇宙飛行を目指す宇宙開発企業ブルー・オリジンを創設。2013年、米国の老舗新聞社ワシントンポストを買収。

2010年5月30日

プリンストン大学

子どもの頃から、ずっと発明家になりたかったというベゾス。母校プリンストン大学でのスピーチは、10歳のときに体験した、胸を衝かれるエピソードからはじまる。やがてウォール街の金融エリートとなった彼に、あるアイデアが閃いたという。

私が子どもだった頃の話です。毎年、夏休みは、祖父母の住むテキサスで過ごすことになっていました。そこでの私の仕事は、牧場を営む祖父母の手伝いをすることでした。風車を修理したり、家畜に予防接種をしたり、雑用をしたり。午後になると、皆でメロドラマを観るのが日課でした。とくに「デイズ・オブ・アワ・ライブス」[*1]を、しょっちゅう観ていました。

祖父母は、キャラバンクラブのメンバーでした。キャラバンクラブとは、エアストリーム社のキャンピングトレーラーを所有する人たちが集まって、アメリカやカナダを旅行するコミュニティのことです。私も数年に一度、祖父母とともにキャラバンクラブのツアーに参加しました。

＊1　1965年から放映されている人気の昼ドラ。アメリカ郊外に住む医師一家を舞台に、出生の秘密などを織り交ぜながら描いた。

祖父の車にトレーラーを接続して、いざ出発。300台のトレーラーが列をなして走ります。私は、この旅行を毎回、心待ちにしていました。祖父母のことを心から敬愛していたからです。

祖母の涙が教えてくれたこと

ある夏、キャラバンクラブの旅行に参加したときのこと。私が10歳ぐらいのときだったと思います。祖父がハンドルを握り、祖母は助手席に座ってました。私はトレーラーの後ろにあるベンチシートで、ごろごろしていました。

祖母は車の中で四六時中タバコを吸っていました。そのうち、私はタバコの臭いがいやでたまらなくなりました。

当時の私は、何でも数字にして計算するのが習慣になっていました。自動車の燃費効率を算出したり、食料費などの統計を無駄に分析してみたり、いつでもどこでも頭の中で何かを計算していました。

そんななか、禁煙を呼びかけるCMが流れるのを耳にしました。くわしくは覚えていませんが、確かこんな広告メッセージだったと思います。

「タバコを一息吸うごとに、寿命が数分縮まる」

おそらく「2分」だったかと記憶しています。

いずれにせよ、私は祖母の健康のことを思って、このままタバコを吸い続けたらどれぐらい寿命が縮まるのか、計算してあげようとしました。

祖母が1日に何本吸うか、1本につき何息を吸い込むか、などを概算し、寿命が何年縮まるかを算出しました。正しい数字を導き出せたと満足すると、後部座席から助手席のほうに身を乗り出し、祖母の肩をトントンと叩きました。そして自信満々でこう伝えました。

「一息吸うごとに2分間、寿命が縮まるんだよ。おばあちゃん、この旅行でもう9年も寿命を縮めちゃったよ」

そのときのことを、私はいまでも鮮明に覚えています。なぜなら、祖母が予想外の反応をしたからです。

私は、自分の頭のよさと計算スキルを、こんなふうに褒められると思っていました。

「ジェフ、お前は本当に賢い子だね。この答えを出すのに、どれだけ複雑な計算をやったことか。1年間を分にすると何分になるか計算して、その上、割り算もしなきゃいけなかっただろう」

しかし、現実はそうはなりませんでした。祖母は、いきなり泣き出してしまったのです。後部座席にいる私は、どうしたらいいか分かりませんでした。

すると、祖母の横でずっと黙って運転していた祖父が、道路の路肩に車を停めました。祖父は車を降りて、後部座席のドアをあけ、ついてくるようにと言いました。

何か悪いことでもしてしまったのかな……。

祖父は教養にあふれた寡黙な人間でした。これまで祖父に厳しく叱られたことは、一度もありませんでした。

もしかして初めて叱られる？　車に戻ってから、おばあちゃんに謝りなさい、と言われる？

祖父母と一緒に過ごしたなかで、こんな経験は一度もなかったし、どんなことが起こるのか想像もつきませんでした。祖父はトレーラーの脇に立ち止まると、私の顔を見ました。やがて束の間の沈黙のあとに、優しく、そして、穏やかな口調でこう言いました。

「ジェフ、お前もいつか分かる日がくるだろうが、自分が賢くなることよりも、人に優しくすることのほうが難しいのだよ」

自分の才能に溺れてはならない

今日、私が皆さんにお伝えしたいのは、「才能」と「選択」の違いについてです。「賢さ」は才能ですが、「優しさ」は選択するものなのです。才能を使うのは簡単です。すでに生まれもっているわけですから。

けれども、選択するのは難しい。気をつけないと、自分の才能に溺れてしまうこともあります。そうなると才能が、正しい選択をする妨げにもなりかねません。

ここにいる皆さんは、多くの才能に恵まれた方々ばかりです。優れた頭脳の持ち主であることは、間違いありません。プリンストン大学の入学試験は難関です。何らかの形で賢さを証明できなければ、入学審査部のトップは皆さんを入学させなかったでしょう。

知性は、この謎と不思議に満ちた世界を生きていくのに役立つものです。人類は日々、進歩しており、思いもよらなかった偉業を成し遂げていきます。やがて私たちは、クリーンエネルギーを大量に生産する方法を考え出すことでしょう。細胞壁の中に入り細胞を修復するような極小の装置を、原子レベルから組み立てていく。そんなことも可能になるに違いありません。

今月(2010年5月)、「合成生命の作製に成功した」というニュースが発表されましたね。[*2] これは驚くべき発見ではありますが、想定内の出来事とも言えます。数年後には、合成するだけではなく、細胞をつくりだすこともできるようになるかもしれません。

近い将来、人間の脳の仕組みが完全に解明される日も来るはずです。ジュール・ヴェルヌ、マーク・トウェイン、ガリレオ、ニュートン。好奇心の強かった偉人たちは、現代まで生きて、この進化を見届けたかったのではないでしょうか。

これから先も、人類は文明の進歩から、多くの恩恵を受けることになるでしょう。私

＊2 クレイグ・ベンター博士が率いるチームが、自己複製能力を持つ人工ゲノムを組み込んだ細菌を複製できたと発表。

の前に座っている皆さん一人一人に、すでに天賦の才能が与えられているように、人類全体にも「才能」が与えられていくのです。

皆さんは自分の才能をどのように使いますか？

自分の才能に誇りを持っていますか？

あるいは、自分の選択に自信がありますか？

ずっと何かを発明したかった

アマゾンを創業するアイデアを思いついたのは、今から16年前のことです。インターネット利用率が１年で２３００％の勢いで成長している、という事実を知ったことがきっかけでした。これほど早く成長するものを、見たことも聞いたこともありませんでした。

それなら、インターネットを利用して、数百万種類の本を販売する本屋をつくったら面白いんじゃないか、とふと閃きました、そんなに多くの本を売る本屋をリアルの世界でつくるのは、物理的に不可能です。このアイデアを思いついたとき、本当にワクワクしました。

当時、ちょうど30歳になったばかりで、結婚して1年ほど経ったころでした。「仕事をやめて、クレイジーなアイデアに賭けてみたい。多くのスタートアップ企業が失敗するように、僕も失敗するかもしれない。それに、本屋のサイトを立ち上げてみたところで、この先どうなるか全くわからない。それでもやってみたい」。ある日、妻のマッケンジーに思いきって相談しました。するど妻は、「挑戦するべきよ」と言ってくれました。実は妻のマッケンジーもプリンストン大学の卒業生です。今日は前から二列目の席に座っています。

幼い頃から、私は自宅のガレージでいろいろなものを発明してきました。タイヤにセメントをつめて自動化ゲート、傘とアルミホイルを原材料にして太陽熱調理器……。ちなみにこの調理器は失敗作となりました。弟や妹の侵入を知らせる警報器を、フライパンでつくったこともあります。

私は子どものころからずっと、発明家になりたいと思っていました。そんな私の気持ちを察した妻は、その情熱を大切にしてほしいと言って応援してくれました。

アマゾン創業を思いたったとき、私はニューヨークの金融機関で働いていました。賢い人ばかりが集まっている会社で、上司も優秀な人でした。私は上司のことを心から尊敬していました。そんな恵まれた環境にいながらも、私は会社を退職することを決断し、ある日、上司に、「(会社を辞めて) インターネット上で本を売る会社を創業したい」と相談しにいったのです。

上司は私をオフィスの外に連れ出しました。セントラルパークを歩きながら、しばらく私の話に熱心に耳を傾けていました。ひとしきり話を聞き終えると、一言、こう言いました。

「それは素晴らしいアイデアだね。でもそれは、今、良い就職先が見つかっていない人がする仕事では?」

彼の論理はもっともだ、と思いました。上司は会話の最後に、「あと48時間考えてみてから、最終的に決断するといい」と言ってくれました。

誰もが羨む金融機関で働いていることを考えれば、会社を辞めるのは確かに難しい決断でした。

しかし、最終的に私は、「今、挑戦するときだ」と決断しました。たとえ失敗しても後悔しないだろうと思ったからです。

ここで「挑戦しない」と決断すれば、きっとこの先ずっと、それが正しい選択だったか悩みつづけるだろうとも思いました。考えに考えた末、私は安全ではない方の道を選び、自分の情熱に従うことにしました。このときの「選択」を私は今、とても誇りに思っています。

人生は「選択」でつくられる

明日から、本当の意味での皆さんの人生が始まります。自分の力でゼロからつくりあげる人生が始まるのです。皆さんはどのように自分の才能を使いますか？　そして、どんな選択をしていくのでしょうか？

惰性で人生を生きますか？　それとも、本当に好きなことをやりますか？

世の中の常識に従いますか？　それとも、独創的な人間になりますか？

楽な人生を選びますか？　それとも、リスクを取り世界に貢献する人生を選びますか？

批判に屈しますか？　それとも、自分の信念に従いますか？

間違いを犯したとき、ごまかしますか？　それとも、正直に謝りますか？

恋をしたとき、ふられるのがこわくて何も行動しませんか？　それとも、思いきって行動しますか？

冒険するのをやめますか？　それとも、ちょっと向こう見ずなこともやってみますか？

つらいとき、あきらめますか？　それとも、あきらめずに挑戦しつづけますか？

ただの批評家で終わりますか？　それとも、何かを創造する人になりますか？

他人を犠牲にしてでも賢い人でいたいですか？　それとも、他人に優しくする人でありたいですか？

思いきって予想してみましょうか。80歳になった皆さんは、一人で、自分の人生ストーリーを静かに振り返っています。そのとき、最も濃密に思い出すのは、自分で「選択」したときのことです。この一連の「選択」が最も大きな意味をもちます。結局のところ、私たちの「選択」こそが私たち自身を形づくっていくのです。これから素晴らしい人生の物語をつくっていってください。皆さんの幸運を祈ります。ありがとうございました。

Larry Page

ラリー・ペイジ

（グーグル創業者）

巨大な夢をかなえる方法

23歳のある夜のこと。夢の〝お告げ〟を受けて
一晩中、アイデアを書き続けたんだ。
それはのちに、最高の検索エンジンとなった。

©Getty Images

Larry Page

1973年、ミシガン州生まれ。父はミシガン州立大学で計算機科学・人工知能を、母はコンピュータプログラミングを教えていた。小さい頃よりコンピュータに興味を抱く。ミシガン大学で工学士号、スタンフォード大学でコンピュータサイエンスの修士号を取得。同大博士課程在学中の1998年、同級生のサーゲイ・ブリンと共同でグーグルを創設。初代CEOに就任する。2001年から2011年までは、製品部門担当社長としてグーグルの成長に貢献した。2011年にCEOに復帰。ミシガン大学工学部の国家諮問委員（NAC）、民間の有人弾道宇宙飛行を支援するX PRIZE財団の理事も務め、2004年に全米工学アカデミーの会員に選ばれた。

2009年5月2日

ミシガン大学

母校ミシガン大学をこよなく愛するペイジは、グーグルのアイデアが降りてきたある夜の不思議な体験を明かす。人類の知識のあり方を一変させた検索エンジンの発明。このようにスケールが大き過ぎる夢のほうが、実現しやすいという。その理由とは?

本年度ご卒業される皆さん。私のスピーチの前に、ちょっと立ち上がって、ご家族や友人たちに向けて手を振ってみましょう。感謝をこめて!

本日、ここミシガン大学で講演させていただくことを心から光栄に思います。あれ、ちょっと待ってください。これはあまりにもありきたりな挨拶でしたね。皆さんも「卒業式で講演する人たちは皆、〝光栄だ〟と言うよな」と思ったのではありませんか? でも、私の場合は、本当に〝心から光栄に〟感じているのです。皆さんの想像以上に、ミシガン大学は私にとって特別な場所で、個人的にも縁の深い大学なのです。それはなぜか。

今日はその話からはじめましょう。

〝化学実験〟の結果、私は生まれた

昔々、1962年9月の肌寒い日のことでした。ミシガン大学の構内に、「スティーブンズ・ハウス」という学生寮がありました。寮には共同の台所があり、その天井は10年に1回しか掃除していないんじゃないか、というぐらいの汚さでした。

そこに、グロリアという殊勝な女子学生が登場しました。ボランティアで天井の掃除をしにきたのです。脚立にあがって、懸命に掃除をするグロリア。たまたまその近くに立っていたのが男子学生のカールです。カールは……下からの眺めを堪能していました。これが二人の最初の出会いでした。このグロリアとカールが……私の両親です！　つまり、私はミシガン大学の台所で行われた〝化学実験〟の賜物なのです。直接的な実験結果とでも言いますか……。

今日は私の母が来ていますので、このあと、思い出の場所を一緒に探しに行こうかなと思ってます。二人が出会った台所がみつかったら、天井に「お父さん、お母さん、ありがとう！」と書いたプレートを貼ってくるつもりです。

私の家族は皆、ミシガン大学の卒業生です。私、私の兄、母、そして、父。全員、この出身なのです。私の父などは、ミシガン大で学位を3つ半*も取得したので、授業料割引がきいたぐらいです。

＊　4つ目は途中で中退したという意味。

父は通信科学の分野で博士号を取得しました。今から44年前のことです。コンピュータサイエンスの専門家でしたが、コンピュータなんて一時的な流行だと思っていたので、通信科学で学位を取ることにしたそうです。

父が博士号を取るまで、我が家には十分な収入もなく、母も多くの犠牲を払いました。ちょうど兄が生まれたばかりのときで、母はいつもお金がないと言って、父とケンカをしていたと言います。おまけに母は、父の博士論文の手伝いまでしていました。父のために博士論文を手書きで清書したのです。こうしてようやく父は博士号を取得することができました。

ところでいま、私が着ているベルベットのガウンですが、これは父がミシガン大学の卒業式で着たものです。そしてこちらが、父の卒業証書です。皆さんもこの後、受け取りますよね。

そして、今日の私の下着は……。これ以上はやめておきましょう。

祖父は組み立て作業員、父は大学教授だった

私の父の父、つまり祖父は、ミシガン州フリントにあったゼネラル・モーターズの工場で働いていました。シボレー（GMの車種）の組み立て作業員をしていたのです。祖父はことあるごとに自分の子どもたちをミシガン大学に連れてきては、「いいか、お前たちが通うのはこの大学だぞ」と言いきかせていたそうです。念願通り、祖父の二人の

子どもはミシガン大学を卒業しました。まさにアメリカン・ドリームを叶えたのです。祖父の娘、私の叔母のビバリーは、今日、参列してくれています。

祖父は、工場でいつも重そうなハンマーを持ち歩いていました。鉄のパイプに鉛のかたまりをくっつけて、ハンマーの形にしたものです。座り込みのストライキをやっている最中、護身用につくったのだそうです。その後、そのハンマーは、我が家で杭などを地面にうちつけるときに活躍することになりました。私が小さい頃は家族でよく使っていたものです。護身用に重い鈍器を持ち歩かなくてもいい世の中になったのは、すばらしいことです。これが、そのハンマーです！

私の父は博士号を取得後、大学の教員になりました。ミシガン大学……ではなく、ミシガン州立大学の教員です。そんな父のもとで育った私は本当に幸運でした。大学教授の仕事というのは、かなり時間の自由がきくのです。そのため私には父と一緒に過ごす時間がたっぷりありました。親が教授というのは、子どもにとっては最高ですよ。

というわけで、私にとって本日の講演は、〝特別な〟意味を持っています。母校のミシガン大学にただ帰ってきた、というのとはちょっと違うのです。

今、私の前には、母、兄、妻のルーシー、そしてこれから卒業する皆さんがいます。この場で講演している自分をどれだけ誇りに思っているか、言葉では言い尽くせません。現在の私があるのは、この素晴らしい大学のおかげなのです。この巨大なミシガンファミリーの一員であることを忘れたことはありません。私は、皆さん、そして、ご家族の方々の将来を心から楽しみにしています。

それからもうひとつ付け加えると、私は卒業生なので、そちらに座っている気持ちもよく分かります。よくしゃべる先輩が長ったらしいスピーチをするのをガマンして聞くのはつらいですよね。でも心配無用です。私の話は短いですから。

ここからは、私がどのように夢を追ってきたか、もっと正確に言えば、どのように夢をかなえる方法を見つけてきたかについてお話ししましょう。

夢のお告げから生まれたグーグル

皆さんも、夢か現実か分からないような生々しい夢を見て、夜中に目が覚めた経験はありませんか。でも、どんな夢だったか、翌朝まで覚えていることはないですよね。ベッドの脇に鉛筆とメモ帳を置いて、いつでも書きとめられるようにでもしておかない限り、夢の内容なんか忘れてしまいます。

私が、そんなリアルな夢を見たのは23歳のときです。夢の途中で突然、夜中に目が覚めて、こんな考えがうかびました。

「もしすべてのウェブサイトをダウンロードできて、そのリンク先を記録しておけたら、どうなるだろう」

私はすぐさまペンをとり、どんどんアイデアを書いていきました。時には夢の途中で意識的に目を覚ますということも大切なのです！　一晩かけて、詳しく書き出すと、これはいけると思いました！

早速、スタンフォード大学の指導教官だったテリー・ウィノグラード教授に相談しました。

「ウェブサイトのダウンロードに2〜3週間かかると思いますが、このアイデアは実現できると思います」

と私が言うと、教授は、納得したようにうなずいていました。

もちろん彼は、たった数週間でダウンロードすることなど不可能だということを知っていたのですが、あえて水を差すようなことを言わなかったのです。

若者特有の楽観主義は、もっと高く評価されていいと思います。

私はこの夢を見るまで、検索エンジンをつくろうなどと考えたこともありませんでした。普段の生活で思いつくこともなかったのです。でも、これがきっかけとなって研究を進め、〝ウェブページを重要度に応じて並べ替える方法〟を解明できました。ずいぶん時間はかかりましたが、最高の検索エンジンを完成させることができたのです。こうしてグーグルは誕生しました。

本当にすごい夢が目の前にあらわれたら、迷わずつかんでください！

巨大な夢をかなえる方法

ミシガン大学では、文字通り夢をかなえる方法を学びました。

当時、サマーキャンプの一環として「リーダーシェイプ」というリーダー養成プログラムがあり、私はそのプログラムで、夢を実現する方法を教えてもらったのです。そんなところで？　と意外に思うかもしれませんね。

「リーダーシェイプ」のスローガンは、「不可能なことを〝健全な範囲で〟不可能だと思わないこと」。

このプログラムで私は、〝世間ではありえないとされるアイデアを、追求していってもいいのだ〟ということを学びました。そのとき私が思いついたのは、ポッドカー（自律走行車）です。現代の交通問題を解決できる未来型の乗り物でした。大学のキャンパス内に、バスの代替手段として、ポッドカーを導入したらどうだろうかと考えたのです。

そのときのアイデアは現在につながっていて、私は、今でも未来の交通手段について考えをめぐらせています。

夢を手放さないでください。夢は趣味と同じで、次から次へと湧いてくるものです。

現代の人々は、料理、掃除、運転などにあまりにも多くの時間を取られています。しかしこれから先は、こうした仕事に時間を使わずに済むようになるでしょう。私たちが「不可能なことを、健全な範囲で不可能だと思わない」で、新しいソリューションを生み出すことができれば、家事労働の時間はもっと減らせるはずです。

これは私の考えですが、あまりにもスケールが大きすぎる夢のほうが実現しやすいと思います。そんなバカな、と思うでしょう。でも、壮大すぎる夢に向かって本気で行動する人なんて、めったにいないですよね。そういうクレイジーな人は世界中見渡しても本当に少ないので、私でも全員名前を挙げられるぐらいです。

壮大な夢を実現しようとする人たちの世界は、そんなに競争が激しくないのをご存知でしょうか。同じことをやろうとする人がほとんどいないからです。それどころか、クレイジーな人たちは、自然と群れをなし、競争するというよりもお互い接着剤でくっついているかのように同じ方向に動きます。

常に大きなことに挑戦したいと思うのが一流の人間です。そういう一流の人間が集まって、誕生したのがグーグルです。私たちのミッションは、世界中の情報を整理し、世界中の人々がどこからでもアクセスできて、利用できるようにすることです。これ以上、ワクワクする仕事があるでしょうか？

歩道を這い回るミミズになったら

とはいうものの、共同創業者のサーゲイ・ブリンと私も、グーグルの創業をあきらめようと思ったことがありました。博士課程を中退するのが不安でたまらなくなったのです。

でも、もし、皆さんが〝暴風雨の中、歩道を這い回っているミミズ〟のような気分になったとしたら、それはよいことが起きる兆候ですよ。正しい道を歩んでいるということです。

私たちが3枚のクレジットカードを限度額いっぱいまで使って、親のお金でハードディスクを買ったとき……まさに、そんな気持ちでした。ディスクはグーグル初のハードウェアとなったわけですが、それを思いきって購入したからこそ、今のグーグルがあるのです。

ご家族、そして、ご友人の皆さん。クレジットカードをたくさんつくってください！

私たちは世界を変えるために何をしたらいいのでしょうか？　一言でいえば、〝楽ではないけれどワクワクすること〟に常に挑戦することです。

博士課程時代、私にはやりたいプロジェクトが3つもありました。でもありがたいことに、指導教授が「しばらくの間、ウェブについて研究してみたらどうかね？」と助言してくれたのです。1995年当時、すでにインターネットの利用者数が急速に増え始めていたからです。今から考えれば、これは本当に最高のアドバイスでした。

テクノロジー、特にインターネットは、人間を〝なまけもの〟にします。〝なまけもの〟にするとはどういう意味でしょうか？　インターネットの世界では、ソフトウェアを書ける人が3人そろえば、何百万人の人が利用できるプロダクトを提供することができます。ところが、3人で1日に100万回、電話に出るのは無理ですよね？

どんな分野に自分はレバレッジをきかせられるか？　それを探してください。そうすれば、もっと働かなくてすみます。

世界から希望の光が消え失せていくような、そんなつらい気持ちになることもあるでしょう。

でもそういうときこそ、好奇心に従って、ちょっと非常識なことに挑戦してみてください。このクレイジーな夢はきっとうまくいくと野心を持ちましょう。夢をあきらめないでください。世界は皆さんを必要としています。

愛する人を奪われたら

最後の話になりました。

今日のような日には、皆さんの気持ちも晴れやかでしょう。サーカスの舞台で大砲から高く打ち上げられたような、そんな気持ちかもしれません。自分は無敵だとさえ思うでしょう。この舞い上がった気分をいつまでも忘れないでください。

でも同時に、家族や友人と共に過ごした時間のことも忘れないでください。

これから皆さんには、社会や家族のために尽くす機会がたくさん訪れます。世界の変革に大きく貢献する、愛する人のためにささやかな努力をする……。しかし、こうしたチャンスは一瞬のうちに奪われてしまうこともあるのです。その瞬間は、思っているよりずっと早く訪れます。

１９９６年3月下旬。修士課程に入学するために、スタンフォードに引っ越してまもなくのことでした。父が突然、呼吸困難に陥り、病院に搬送されました。その2ヶ月後、父は亡くなりました。あっという間の出来事でした。私は父の死にただ打ちのめされるばかりでした。

父が亡くなってから長い年月が経ちました。その間、私はグーグルを起業し、恋に落ち、様々な新しいことに挑戦してきましたが、父のことを忘れたことはありません。

妻のルーシーと私が、アメリカから遠く離れた外国の村を訪れたのも、父がきっかけです。

それは蒸し暑い日でした。私たちは、細い道を歩きながら、村の様子を見て回りました。住民は皆、とても親切でしたが、絶望的なほど貧しい暮らしを送っていました。トイレで用を足すと、汚水がむき出しになった排水溝を通って川へと流れていく……そんな環境でした。途中、足が不自由な少年にも出会いました。ポリオにかかって、足が麻痺してしまったと言います。

ルーシーと私が訪れたのは、インドの農村でした。そこは世界でもポリオがいまだ根絶されていない数少ない地域の一つでした。ポリオは感染者の便から排出されたウイルスで、経口感染します。その地域でも汚水を介して感染が広がっていったのです。

私の父もポリオの感染者の一人でした。小学校1年生のとき、旅行でテネシー州を訪れたとき、感染してしまったのです。現地で2ヶ月間も入院した後、軍用機のDC－3でミシガンまで帰ってきました。生まれて初めて乗った飛行機が軍用機だったのです。

父は小学校5年生のときに書いた〝自伝〟で、そのときのことをこう振り返っています。「僕はその後、ずっと寝ていなければならなかった。学校に通えるようになるまで1年以上もかかってしまった」。

それから、呼吸困難で苦しむ日々が始まりました。大人になってからも完治することはなく、最後はポリオの合併症で若くして亡くなってしまいました。

父が生きていれば、「ポリオワクチンがあるのに、ポリオが根絶されていないのはどういうことだ」と憤慨するのではないかと思います。ルーシーと私がインドでポリオの感染源である排水溝の近くを無造作に歩いたことを知れば、きっと取り乱すことでしょう。すぐ近くでかわいい子どもたちが遊んでいたのに、ウイルスをくっつけた靴で歩き回るなんて、一体何を考えているんだ、と。

世界からポリオは根絶されようとしています。それでも今年（2009年）、すでに328人の発症例が出ています。一刻も早く、ポリオを完全に根絶しようではありませんか。皆さんの世代がきっと実現してくれると信じています。

機械が働く未来を予言

私の父は、１９５６年、マンデルヴィル高校（在ミシガン州フリント）を卒業しました。父は、卒業式で90人の卒業生の総代として、スピーチをしました。最近になって、そのときの講演原稿が見つかりましたが、そこには驚くべき内容が書かれていました。53年も前に、高校生の父はこんなことを予言していたのです。

「私たちは新しい時代を迎えようとしています。今後、機械の導入によってオペレーションの自動化がすすめば、人間がやるべき仕事の内容が変わってきます。そんな中、必要となってくるのが教育です。これからの時代は、好きなことにもっと時間を使えるようになるでしょう。１週間あたりの労働時間は減り、退職年齢も引き下げられていくからです……。私たちはこれから、科学、医学、そして産業の発展に貢献し、今日では夢にも思わないような発展の目撃者となるのです……。国家の未来は若者をどれだけ思いやり、育成できるかにかかっていると言います。すべての若者が、私たちと同じように教育の恩恵を受けられたら、アメリカには、今日よりもさらに輝かしい未来が待ち受けていることでしょう」

人生で最も大切なものを忘れない

もし、父が生きていて、ルーシーと私との間に子どもが生まれようとしていることを知ったら、誰よりも喜んでくれると思います。でも、私がまだ博士号を取得していないことを知れば、ちょっとムッとするかもしれません。今日、名誉博士号を授与してくださるミシガン大学、ありがとうございます！

父は、洞察力にあふれた人で、新しいことが大好きでした。父が現代社会の発展ぶりを見たら、どう思うだろうかと考えることもあります。もし本日、この場にいたら、父の人生で最高の日になったと思います。お菓子屋ではしゃぐ子どものように喜び、自分が卒業した若かりし日を思い出したことでしょう。

皆さんの多くは、今日、家族とともに卒業式に出席していますよね。それは本当に幸せなことです。一緒に祝ってくれる友人がいて、一緒に家に帰る家族がいる。ルーシーと私のように、新しい家族の誕生を夢見る人たちもいるでしょう。今の私があるのは家族のおかげです。同じように、今の皆さんがあるのも家族の支援のおかげです。そして、家族が卒業式という誇らしい場に参列できるのは皆さんの努力のおかげです。

家族と仲良くしてください。人生で最も大切なのは家族であることを忘れないでください。

ママ、ありがとう。ルーシー、ありがとう。

皆さん、本当にありがとうございました。

Jerry Yang

ジェリー・ヤン

（ヤフー!創業者）

〝野蛮で失礼な〟若者

ヤフーとは、〝野蛮で失礼な人〟という意味。
博士論文そっちのけで、ウェブサイト作りに
熱中していた僕たちは、まさにヤフーだった。

Jerry Yang

1968年、台湾の台北市生まれ。シングルマザーの母親とともに10歳で渡米、カリフォルニア州サンノゼへ移住。当初は英語を全く話せなかったという。スタンフォード大学で電気工学を専攻。交換留学生として京都に滞在した経験もある。1994年、同大電子工学博士課程に在学中、同級生のデビッド・ファイロとウェブ・ディレクトリサービスを立ち上げる。ベンチャーキャピタルからの資金提供を受け、1995年にヤフー！を設立。2007年〜09年までCEOを務める。社外投資にも積極的で、早くから中国アリババグループの可能性を見出す。現在、アリババグループ、中国のパソコン大手レノボ、クラウド型サービスを提供する米国ワークデイの取締役を務めている。スタンフォード大学の評議員でもある。

2009年5月16日

ハワイ大学ヒロ校

10歳のとき、台湾からアメリカへ移住したヤン少年。知っている英単語はシュー（靴）だけだった。大変な苦労をしたけれども、シングルマザーの母親からは〝忍耐の法則〟を学んだという。若い頃、京都に留学していた彼は、知日派の素顔ものぞかせる。

本年度ご卒業される皆さん、おめでとうございます。やっと長くて厳しい道のりのゴールにたどりつきましたね。今はちょうど最後の期末テストを終え、土壌分析の最終結果をまとめ、ハワイの詩歌についての卒業論文を提出した……そんなところでしょうか。

卒業式は人生の一大イベントです。これが終わればきっと、夜、私たち社会人と同じような夢を見ることになりますよ。初めて英文学の授業に出る夢とか、期末試験で教授が「鉛筆を取り出して」と言う夢とか……。

この後、皆さんは努力の結晶ともいえる卒業証書を受け取りますね。そんな皆さんを前に講演させていただくことを、とても光栄に思います。学生として最後に聴く講演が、私の話になるわけですからね。

本日、ハワイ大学が私を講演者として招聘してくださったのは、私がハワイの〃パートタイム居住者〃だということもあるでしょう。しかし何より、博士号を手にせずスタンフォード大学をやめてしまった私を、気の毒に思ってくださったからに違いありません。

ご存知かと思いますが、ヤフー!創業のアイデアは、1994年、スタンフォード大学電子工学専攻の博士課程に在籍していたときに生まれました。ちょうど博士課程を延長したころのことです。ところが、途中でヤフー!を起業することになり、結局、博士号を取得できなかったのです。そんな私が、本日、ハワイ大学から名誉博士号を授与されることになりました。研究室に一歩も足を踏み入れていないのに博士号を頂けるとは、何と素晴らしいことでしょう。

これからおよそ10分間にわたってお話しするのは、私の個人的な体験です。皆さんが、今後の人生で大きなことを達成できるように願って、私からのアドバイスをいくつか箇条書きにして、まとめてお伝えします。

1　ニュースの報道で落ち込まないようにしよう

いくつかニュースの見出しを読んでみますね。

「今年の求人市場縮小、大卒の雇用率13%減」

「アメリカ、中東への軍事配備増強」

「破綻した金融機関救済へ、税金数十億ドル投入」

今日のニュースだと思いました？　実は、これ、１９９０年のニュースの見出しなのです。私が皆さんと同じように卒業式に参列していた頃のものです。

当時は大学生にとって、お先真っ暗な時代でした。私は修士課程に進学したので、〝楽な道を選んだ〟のではないか、という人もいるかもしれません。でも実のところ、スタンフォード大学の工学部を卒業しても、就職先が見つからなかったので、しかたなく大学院に進学したのです。だから……


自分の枠から出てください。

世界に飛び出してください。

見知った土地ではなく、未踏の地に足跡を残してください。

自分の可能性を想像できなければ、夢を見ることもできなくなってしまいます。

ここで皆さんにお伝えしたいのは、チャンスは逆境のときにやってくるということです。いまは苦しくても、必ず将来、良いことが起きるのです。

かつてマーク・トウェインは、楽観主義者のことを「お金がなくても、何もないところから幸福にたどりつける人」と定義しました。「こうしたつらい時期にこそ、素晴らしいことが起こりはじめているのだ」と、私の経験から断言できます。

ヤフー！を創業したのは、アメリカ経済が低迷していた１９９０年代前半でした。ヤフー！の他にも、多くの卓越した企業、アイデア、製品が、この時期に生まれました。社会運動が活発になったのもこの頃です。不景気の中、創業者たちは、既存の考え方を捨て去り、「何もかも」新しい方法で創り上げようとしました。その意味では、最高の時期に大学を卒業できたと思います。このような変革を起こす一員になることができたからです。

２　人生では努力した分だけ結果を受け取る

生まれつき高いＩＱや才能を持っているからといって、成功できるわけではありません。成功するには、一生懸命努力しようという志が必要なのです。マルコム・グラッドウェル[*1]は、著書『天才！　成功する人々の法則』の中で〝1万時間の法則〟というコンセプトを紹介しています。どんな分野においても世界レベルの専門家になるには1万時間（あるいは1日3時間で10年間）、必死で働き、実践を積まなくてはならないという法

＊1　ベストセラーを連発する人気ビジネス作家。才能や成功をテーマに、独自の視点で分析。著書に『ティッピング・ポイント』『ブリンク』など。

則です。

同じバイオリニストでも、〝バイオリンが上手い〟で終わる人と、巨匠にまで登りつめる人がいます。その違いは野心にあります。要は、巨匠になるために必要な時間、バイオリンの練習を続けたいかどうかなのです。昔、誰かが言っていましたが、ゴルフでも、人生でも、他の人よりも突出するには〝最後まで振り切る〟ことです。

私は母から〝忍耐の法則〟を学びました。ヤフー！を創業して以来、確かにつらいことはいくつもありましたが、シングルマザーとして私たちを育ててくれた母の苦労に比べれば全然大したことではありません。母は、幼い二人の息子を連れて、数個のスーツケースとともに、台湾からアメリカに渡りました。

当時、私は10歳でした。知っている英語といえば、〝シュー（靴）〟だけ。心が折れても無理はないという状況でした。

でも私は、アメリカで、勉強も仕事も遊びも、何をやるにも全力で取り組みました。ただひたすら努力を積み重ねました。ヤフー！の起業に成功したのは、運とタイミングに恵まれたこともありました。しかし、勤勉とたゆまぬ努力なくしては、実現できなかったと思います。

それに加えて、私は素晴らしい支援者にも恵まれました。家族や友人が起業を支援してくれたからこそ、ヤフー!を創業できたのです。ご存知のとおり、私たちは皆、家族や友人から力をもらいますよね。きょうこの会場に15人、あるいはそれ以上のオハナ（家族や親しい友人）を招待している人は特にそうでしょう。

当初、母に「博士課程を中退して、〝インターネット広告〟を売る会社を設立して生計を立てていきたい」と言ったとき、母はあまり賛成していないようでした。それでも私を支援してくれました。さすがに最近では、私の仕事に文句を言うこともなくなりましたが（笑）。

3　本当に好きなことをやろう。たとえ途中で見知らぬ小道に足を踏み入れたとしても

スタンフォード大学の大学院生用のトレーラーハウスで、私はデビッド・ファイロ[*2]とともに博士論文に取りかかっていました。「より早くて効率的なコンピュータチップの設計に必要なアルゴリズムを解明する」というのが研究テーマでした。

そんな中、〝ウェブ〟というクールで新しいものを発見してしまったわけです。すると、博士論文のための研究が急につまらないものに思えてきました。正直なところ、本当にその博士論文の内容が面白かったかどうかは今でもよく分かりませんが。何はともあれ、今日、やっと名誉博士号を取得できます。

そのうちデビッドと私は、論文を書くよりも、ウェブ上のリンクを分類していく作業

＊2　スタンフォード大学電気工学科の博士課程在学中にジェリー・ヤンと出会い、ヤフー！を共同で創設。主に技術面からヤフー！を支える。

に没頭するようになりました。一人がプログラミングと〝リトルヤフー〟の作業をしている間に、もう一人がトレーラーハウスの床の上で寝るといった生活が続きました。

当時の私たちには、この仕事が好きだという気持ちと、これをやりたいという情熱しかありませんでした。まさか後に、これがビジネスになるとは想像さえしませんでした。「世の中の人々が自分たちのウェブサイトを訪れてくれたら、素晴らしいサービスを提供しよう」。そう考えていただけでした。そうすれば自分たちも楽しいぞ！　ってね。

そこに突然、ヤフー！に可能性を見出した人が現れました。あるベンチャー投資家が「これをぜひビジネスにしたいので百万ドルを提供したい」と申し出たのです。

さてここでお伝えしたいポイントは、「一攫千金を夢みて『ギターヒーローゲーム』[*3]のプロプレイヤーをめざせ」ということではありませんよ。セレンディピティ（偶然の出会いや巡り合わせに気づく能力）や可能性に対してオープンでいてくださいということです。

何となくうまくいくと思うのだけれど、自分が描いてきたキャリアのプランとは少しずれている。そんな仕事にめぐりあったとします。そのときは、チャンスをつかんでください。そしてそれに全力を捧げてください。情熱にまかせて進むことを恐れなくてもいいのです。素晴らしい結果が待ち受けていますよ。ロバート・ルイス・スティーヴンソン[*4]の言葉を借りれば、「人生のサドルにゆるく腰かけよ」です。

＊3　ギター型のコントローラーでプレイできる音楽ゲーム。2005年に発売されるや爆発的なブームに。クイーンやガンズ・アンド・ローゼズなどの名曲がラインナップ。

＊4　1850〜94年。イギリスの小説家、詩人。『宝島』『ジキル博士とハイド氏』などの作者。

4　自分の周りに広がる世界を知ろう

「自分の周りに広がる世界を知る」とは、たとえばホノルルやサンフランシスコや上海を生まれて初めて訪れること。あるいは単にインターネットにログインすることもそうです。

ハワイはどの大陸からも２５００マイル以上も離れた楽園です。

ここにいると海の向こうに、未知の世界やアイデアが広がっていることをついつい忘れてしまいますね。島の外に行けば、新しい経験ができることも。これはハワイにいることのマイナス面の１つだと思います。ハワイにいたら成功できない、と言っているわけではありません。実際はその逆で、今はどこに住んでいても成功することができます。テクノロジーのおかげで地理上の距離は問題になりません。

それでも、実際に見知らぬ地に行ってみることには価値があるのです。私の例をお話ししましょう。私は自宅から20マイルしか離れていない大学に通い、現在は、さらに近いところにあるオフィスで働いています。そんな環境ですが、これまで常に自分の足で世界を探求しようと心がけてきました。

大学院時代には、日本に６ヶ月間、留学したこともあります。日本で知り合った友人たちは、私がヤフー!を創業する際に、心から支援してくれました。妻と出会ったのも日本です。おまけに、私は日本で大の相撲ファンになりました。[*5] 日本に留学したからこそ異なる人種や文化、イデオロギーについて新たな視点を持つことができたのです。ビールの美味しさを知ったことも忘れてはいけませんね。

自分の枠から出てください。

世界に飛び出してください。

見知った土地ではなく、未踏の地に足跡を残してください。

哲学者の聖アウグスティヌス[*6]は、著書にこう記しています。

「世界は一冊の本である。旅に出ない人は最初の1ページ目しか読んでいない」

自分の可能性を想像できなければ、夢を見ることもできないのです。

5 自分の強みを自分のために使おう

私の大学時代は、携帯電話もありませんでした。ビデオはVHSビデオテープで、デジタルカメラさえなかったのです。インターネットも誕生していませんでした。Eメールやウィキペディアやヤフー！やコメディセントラルドットコム[*7]がない生活なんて想像

＊5　ジェリー・ヤンは、ヤフー！の入ったワークステーションをAkebono（曙）と命名。また、検索エンジンが入ったファイロのコンピュータはKonishiki（小錦）と呼ばれていた。

＊6　354～430年。初期キリスト教を代表する神学者、ラテン教父、思想家。著書に『告白』など。

できますか？　昔はどうやって生活していたのでしょうか？　私自身も思い出せないくらいです。

私には2人の幼い娘がいますが、「パパ、どうして空は青いの？」といった質問をよくされます。そんなとき、今なら、ウェブ検索すれば、父親は窮地から抜け出せますよね。もう少し成長すれば、私の娘たちも、文字通り〃指先一つで〃様々なチャンスを見出していくことになるでしょう。情報がない、なんていうことはありえない時代を生きていくことになります。

皆さんは大学で素晴らしい「道具箱」を手に入れました。そして今、新しい人生のステージを始めようとしています。情報テクノロジーの発展によって世界はフラット化しましたが、高度な情報社会で活躍できるのに十分な教育をハワイ大学ヒロ校で受けたと思います。自分の潜在能力がどれほど高いのか、あらためて評価してください。皆さんはすごい道具を与えてもらっているのですよ。好奇心をもってください。情熱とセンス・オブ・ワンダー（感性）を失わないでください。そして学ぶことをやめないでください。

6　肩の力を抜こう（最後のそして最も重要だと思われるポイント）

ヤフー！という会社名ですが、どうやってヤフー！なんて名前を思いついたと思いますか？　何を思ってこんな名前をつけたのか？　と疑問に思う人もいるでしょう。

＊7　コメディ専門チャンネルのウェブサイト。

辞書によれば、〝野蛮で失礼な人〟という意味です。デビッド・ファイロと私は、博士論文そっちのけでウェブサイトをつくる自分たちを見て、「僕たちは何てヤフーなんだ!」と思ったのです。それをそのまま会社名にしました。

現在でもヤフー!本社のロビーには、紫色の牛のオブジェが飾ってありますし、全オフィスにテーブルフットボールゲームがあります。うれしいことがあれば社員はヨーデルを歌うし、私の正式な肩書きは「チーフ・ヤフー!」。これら、すべてがヤフー!らしさなのです。皆さんも肩の力を抜きましょう。もし、「肩の力を抜くなんて無理」と思うときがあったら、それは頑張りすぎている証拠かもしれませんよ。

この卒業式は、新しい人生の始まりです。皆さんは今、まさに実社会に出ようとしています。ここに座っている自分は、4年前にハワイ大学に入学したときの自分とは違うはずです。皆さんの前には限りない未来があります。クリティカル・シンカー[*8]として、起業家として、生涯学び続ける者として、地元コミュニティやグローバル社会に貢献するメンバーとして生きる未来があるのです。

もしかしたら、今は不安と疑念でいっぱいかもしれませんね。次に何をしよう? この卒業証書を元手にこれから何を手に入れたらいい? 「人生」という名の新しい授業のシラバスはどこで手に入るの? 幸いなことに、今すぐこうした疑問に答える必要は

＊8 物事をあらゆる角度からとらえ、自分の頭で考える人のこと。

ありません。ラルフ・ワルド・エマーソン[*9]は「人生とは授業の連続。それは体験しなければ理解できないものばかりである」と言っています。

心配しないでください。人生は長いし、何ものかになりたい、何かをやりたいと急がなくてもいいのです。今の皆さんの仕事は、未知の世界に足を踏み入れ、何が起こるか見届けること。あせらなくても大丈夫。どんな仕事からも学び、人生を楽しんでください。

自分が経験したこと、学んだことを、周りの人たちに伝えていってください。そうすれば皆さんの知恵が世の中のために役立ちます。

これからもずっと、ハワイ大学を卒業するまで支援してくれた人たちのことを忘れないでください。どこにいても、故郷のことを思い出してください。

ここにいらっしゃるオハナの表情を見れば、どれだけ皆さんのことを誇りに思っているのかがよく分かります。皆さんを、そしてその将来を信じているのです。ハワイに滞在した人は皆、オハナのパワーのすごさを実感します。こうした家族や友人との強いつながりは、欧米社会の中では珍しいことです。これからもオハナを大切にしてください。

オハナに感謝して、オハナを尊敬してください。

皆さん、ご卒業おめでとうございます。マハロ（ありがとう）。

＊9　1803〜82年。ボストン生まれの作家、思想家、宗教者。よりよく生きることを考え、後世へ影響を与えた。『森の生活』を著したヘンリー・D・ソローの親友。

Dick Costolo

ディック・コストロ

（ツイッター CEO）

この瞬間を生きる

オバマ大統領の勝利宣言、東日本大震災、アラブの春。
ツイッターが使われるとは、想像さえしなかった。
自分が起こすであろうインパクトは、事前に想定できない。

Dick Costolo

1963年、ミシガン州生まれ。ミシガン大学にてコンピュータサイエンスを専攻していたが、演劇のクラスに夢中になったことがきっかけで、スタンダップコメディに目覚める。卒業後はIT企業からの内定を辞退して、シカゴにあるコメディ劇団に所属。その後、アンダーセンコンサルティング（現アクセンチュア）を経て、ウェブ関連会社の立ち上げと売却を繰り返す。2007年、グーグルに会社を買収され、同社に入社。2009年、ツイッターにCOOとして加わる。2010年から、同社のCEOを務めている。2011年、オバマ大統領より国家通信安全諮問委員に任命される。タイム誌はじめ、各誌が選ぶIT界の偉大なCEOランキングの常連でもある。

2013年5月4日
ミシガン大学

ツイッターのCEOらしく、母校ミシガン大学でのスピーチをツイートから始めたコストロ。そんな彼のキャリアのスタートはコンピュータ業界ではなかったが、のちの人生に大いに役立ったという。果たして彼が選んだ意外な職業とは？

まずはこの状況をツイートしなくては！　ちょっと待っていてくださいね。すぐ終わりますから……。私はツイートのプロですからね。

メアリー・スー・コールマン学長、これから卒業される皆さん、ご家族、ご友人の皆さん、教員の皆さん、本日はミシガン大学の卒業式にお招きいただき、ありがとうございます。それから私の後ろに座っている大学評議委員会の皆さん、いつも私たちが何か悪いことをしないか、だまって見守っていてくださり、ありがとうございます。

今日、参列してくれている私の両親にも、あらためて感謝したいと思います。皆さんも卒業式が終わったら、両親や大学を卒業するまで支援してくれた人たちにお礼を言ってください。これまで献身的に支えてくれた人たちに感謝の気持ちを伝えましょう。

私の話は3時30分までには終わりますからね。お約束します。

今朝、起きてすぐ、このスピーチ原稿を書き始めると、自分がミシガン大学に入学したときのことを思い出しました。私が入学したのは9月。ちょうどカレッジ・フットボールのレギュラーシーズンがはじまったところでした。

その年（1981年）は、プレシーズンのナショナルランキングでミシガン大学が第1位となった年で、大学中がフットボール一色でした。初戦は対ウィスコンシン大戦。アウェーでの試合でした。結果は21対14で、ウィスコンシン大の勝利。ミシガン大には、激しい失望感が広がりました。

大きな期待の後に激しい失望感がやってくる。その象徴としてこの話を覚えておいてください。これから私が20分間にわたって話す内容は、そういう話の連続だからです。

演劇の授業にはまる

今、皆さんが座っている席に私が座っていたのは、何十年も昔のことです。それでも今日、この場に来てみると、何だか昨日のことのように思えます。私はミシガン大学でコンピュータサイエンスを専攻していました。そうです、オタクが専攻する科目です！そのころ、コンピュータサイエンス専攻というのは、文学・科学・芸術学部の中にあり、卒業までに、いくつかの芸術系科目を履修しなくてはなりませんでした。

そこで私は大学4年生の一学期目、演劇の授業を取ることにしました。皆が取っていたので、私も取ろうと思ったのです。まあ、私は長いものに巻かれる人間でしたから……。

演劇の授業にはあまり宿題もないから楽だろうとも考えました。授業に出席して、簡単な台詞を言えば、それで終わり。これなら夜、オペレーティングシステムのプログラミングに没頭できると思いました。

ところが、いざ、授業に出てみると、私はすっかり演劇にはまってしまったのです。二学期目も別の演劇の授業を履修し、放課後にはミシガンユニオンビルのユニバーシティクラブで、スタンダップコメディのライブをやりはじめました。スタンダップコメディなどそれまで一度もやったことがなかったのに、です。

コメディ劇団へ入るためシカゴへ

そんな私も1985年に無事、ミシガン大学を卒業することになりました。今、皆さんが座っている席に私も座っていたのです。コンピュータサイエンス専攻だった私は、IT企業3社から内定をもらっていました。職種は3社ともプログラマーでした。

ところが、演劇にめざめた私は、卒業後、すべての内定を辞退し、シカゴへ向かいました。「セカンドシティ」という即興コメディ劇団に入団するためです。セカンドシテイに入って……、「サタデー・ナイト・ライブ」[*1]に出演して……、コメディアンとして最高の栄誉と名声を得る。それが私の計画でした。

そのとき、私が思い描いていた未来をハリウッド映画風に脚色すれば、こんな感じではないでしょうか。

まずはオープニング。意気揚々とシカゴの劇団に入団した私は、つらいことばかりに直面します。私が落ち込んでいるシーンは、夜か、雨の中がいいですね。悲しげなBGMも流しましょう。私は大きなロフトに住んでいます。どうしてそんな部屋の家賃が支払えるのか不思議ですが、とにかく広い部屋に住んでいて、犬も飼っています。劇団の活動で忙しい私。愛犬の待つ家に帰って、寝るだけの毎日が続きます。ここまでがオープニングの3分間です。

次に、私はある映画監督の目にとまり、映画に出演します。その後はトントン拍子に進み、エンディングで、私はレッドカーペットを歩くことに……。その向こうには、両親が私に向かって「よくやったね」と親指をたてている……。こんな未来を予測していたのです。

ところが現実は、こんな風になりました。

私は、自分の可能性に賭けて、シカゴでスタンダップコメディアンになることをめざ

＊1　米NBC放送のコメディ番組。

しました。人生の大勝負に出たのです。本当にやりたかったことだったので、迷いはありませんでした。シカゴに行ってからは、コメディアンになるための勉強にすべてを注ぎました。

そのころ、私には、お金が全くありませんでした。セカンドシティでは、昼間、リハーサルをして、夜、小さな劇場のショーに出演するというのが日課でした。ショーは無料だったので収入はありません。その上、私は、日中にセカンドシティが開講しているレッスンも受講していました。即興劇を学ぶためです。こんな演劇浸けの生活をしていたらお金がなくなるのも当然です。

仕方なく、私はクレート・アンド・バレル[*2]でアルバイトをして、日々の生活をしのぐことにしました。せっかくミシガン大学でコンピュータサイエンスの学位をとったのに、レジで食器や皿をせっせと包む仕事をしていたのです。こんな生活を何年も続けました。

大胆な設定を選べ

セカンドシティでは多くのことを学びました。中でも入団の年に得た2つの教訓は、私の人生に大きな影響を与えることになりました。それをこれからお話ししましょう。

まず一つ目の話です。セカンドシティに入団した私は、ドン・ディパウロという演出家が教える授業を履修しました。そのクラスには10人ほど学生がいました。

あるとき、授業で、4人の学生がステージの上で、即興劇を監督の前で披露しました。

＊2　日常雑貨や食器などを扱うインテリアショップ。

4人は「コインランドリーにいる」という設定で、コントをやろうとしていました。

実演が終わると、監督は部屋にいる学生全員に向かって、こう聞きました。

「今、ステージの上に、何が見える?」

ステージの上には何もありません。

「何もありません」

私たちは、見えたままを答えました。

すると、ドンは言いました。

「今日、ずっと君たちの寸劇を見ていたが、何だ、その想像力の欠如は。アパート、アパート、コインランドリー、アパート。設定はそれしかないのか? 君たちは何を恐れているんだ?」

私たちはお互い顔を見合わせ、心の中でこう言いました。

(何を恐れているのか、ってどういうこと?)

ドンは続けました。

「もっと大胆な設定を考えなきゃダメだろう。私がステージに全くセットを立てないで、何もない空間にしている理由は分かるか? 君たちに自由に発想してほしいからだ。『キーブラーエルフの人形を製造している工場にいる』とか『宇宙飛行士としてスペースシャトルの中にいる』とか、なぜそういう風に発想できないのか?

その宇宙飛行士は、これまで宇宙船を操縦したこともないのに、なぜかスペースシャトルの中にいるとか、いくらでもうかんでくるだろう。君たち、もっと大胆な設定を選びなさい。リスクをとって冒険しなさい」

これがひとつめの教訓です。

頭の中で台本をつくるな

その数ヶ月後、セカンドシティでまた別の即興劇の授業をとりました。教えていたのは、マーティン・ダーモットという有名な演出家でした。当時、一緒に学んでいた学生の中に、スティーヴ・カレル[*3]がいました。

スティーヴと私は同じチームでした。私たちは監督の前で実演することになり、先にスティーヴがステージに立ち、即興コントをはじめました。私はしばらくバックステージにいて、後から登場することになっていました。舞台裏で待っていると、ふと、素晴らしい台詞が頭の中に浮かんできました。「早くステージに出て、この台詞を言わなきゃ！」。私はいてもたってもいられなくなりました。

即興コントに加わると、私は自分が言いたい台詞が言えるように、全体の流れをコントロールしようとしました。すると突然、マーティンが、「ストップ！ ストップ！」と言いました。ショーを中断すると、マーティンはクラス全員に向かってこう言いました。おそらく、その言葉は、私一人に向けられていたと思います。

＊3　主演映画「40歳の童貞男」でブレイクした人気コメディアン、俳優。「リトル・ミス・サンシャイン」にも出演。「フォックスキャッチャー」（2014年）でアカデミー賞主演男優賞にノミネート。

「頭の中で台本をつくっちゃだめだよ。即興劇の美学は、その瞬間を体験することなんだ。次にどんな台詞を言おうかと事前に考えたら、うまくいかないよ。

舞台上にいる人たちは、君たちが思ったように動いてくれないし、君たちが考えた台詞も言ってくれない。そうなったら、君たちはどうする？　動けなくなって立ちつくすしかないだろう。

だから、この瞬間にすべての意識を集中させなさい」

監督は、クラス全員に向けて、繰り返しました。

「君たち全員に告ぐ。今、この瞬間に集中せよ。この瞬間に集中せよ、この瞬間に集中せよ」

これが二つ目の教訓です。


その後、私はシカゴのセカンドシティで、何年にもわたって、即興コントをやり続けました。コメディアンをめざして、テレビ番組のオーディションもたくさん受けましたが、結局、一つも合格しませんでした。

ネット界へ方向転換

そのころ、ちょうどインターネットが普及しはじめていました。失意のどん底でインターネットに出会ったのは幸運でした。

皆さんにとっては想像できないと思いますが、私が皆さんの年齢のころは、まだインターネットがなかったのです。「ズボンのポケットに、ネット（に繋がった携帯）が入っている」なんてことはありえなかったのです。

ズボンのポケットにネットがない。何て気の毒なことだと思いませんか。こんなことを話せば、おじいさんが話しているようにも聞こえるでしょうね。確かに、昔の私たちが「歯がない年寄り」同然だったのは間違いないですね。文字で会話することも出来ませんでしたからね。

何の話でしたっけ？　インターネットの話でしたね。

そこで私は、コメディアンになるのをあきらめ、インターネットの世界に飛び込むことにしました。インターネットには無限の可能性がある、自分ならその可能性をどんどん広げていけると思ったからです。その後の20年間で、ＩＴ系の会社を何社か創業しました。それが後にツイッターに参加することにつながりました。

ツイッターでは、自分の好きなことに集中して、大胆に勝負することの大切さを学びました。ツイッターはまさにそういう気持ちから生まれた会社だからです。

東日本大震災とツイッター

そもそも共同創業者のジャック・ドーシー[＊4]が、ツイッターのアイデアを思いついたのも、地図が好きだったことがきっかけだと言います。子どもの頃から、タクシーや救急

＊4　ツイッター創業メンバーのひとり。その後、スマホによるカード決済端末を行うスクエアを起業。

車の配車システムを考えるのが大好きで、地図をながめながら、どうやったらもっと早く目的地に到着できるだろうかと考えていたそうです。[*5]

ジャック・ドーシーがツイッターを創業してからまもなく、ツイッターは思わぬ形で多くの人々に利用されることになりました。それは、彼が世界で最初のツイートをしたときには、全く想定していなかった使われ方でした。

2012年の大統領選挙で自らの再選が確実となったとき、オバマ大統領はツイッター上で勝利宣言をしました。

東日本大震災は、東北地方、特に福島県に甚大な被害をもたらしました。地震と津波の影響で携帯電話がほとんど通じなくなったとき、人々が安否確認の手段として使ったのはツイッターでした。

中東のチュニジア、イラン、エジプトでは、民衆がツイッター上でデモへの参加をよびかけ、「アラブの春」と言われる一連の抗議行動へと広がりました。

ツイッターが、このように使われることになるとは、ジャック・ドーシーだけではなく、私たちの誰もが想像さえしていませんでした。

＊5　ジャック・ドーシーは、子どもの頃のこの習慣から、デジタル・マッピングの概念のヒントを得たという。

こうした出来事を直接、目の当たりにしてきて、私は驚くべき真実を発見しました。それは、自分がやったことのインパクトは事前に想定できないことです。それどころか、自分が知らないところで、世の中に大きな影響を与えていることもあります。

ロシア大統領の初ツイート時、サイトがダウン

ツイッターに入社して数ヶ月後、ロシアのメドベージェフ大統領（２０１０年当時）が来社することになりました。その朝、通勤しようとすると、すでにサンフランシスコ警察によって会社周辺の道路がすべて封鎖されていました。至る所に、アメリカのシークレットサービスとロシアの公安部隊の両方が、配備されていました。

ビルの中に入ってからも大騒ぎでした。金属探知機がその日一日のためだけに設置されていたのを覚えています。それを通過すると、あたりには軍服を着た人たちが、シェパードを連れて立っていました。横に立ったら、噛み付かれて殺されそうな、立派な犬でした。とにかく、その日は物々しい感じだったのです。

メドベージェフ大統領が側近とともにツイッター本社にやってきました。その後ろには、報道陣もいます。大統領はここから最初のツイートを世界に向けて発信することになっていました。世界中の人たちが、大統領の初ツイートを今か今かと待ち受けていました。

ツイートを送る前、大統領は社内を見学してまわりました。大統領とともに廊下を歩

いていると、社員が私の肩を後ろからポンポンと叩きました。

「何かあったの?」と私。

「サイトがダウンしました」

何があってもカリスマ性にあふれたリーダーであらねば……。私は気を取り直して、こう聞き直しました。

「完全に?」

「はい、完全にダウンしました」

次の日、「オバマ大統領、メドベージェフ大統領のツイッター利用を歓迎」というニュースが世界中を駆け巡りました。皆さんも読んだかもしれませんね。

報道では、「オバマ大統領は、メドベージェフ大統領との共同記者会見で『これでホワイトハウスとクレムリン間の直通電話は必要なくなるかもしれませんね。私たちにはツイッターがありますから』とジョークを言った」と伝えられました。

しかし、私からしてみれば、あの瞬間は「サイトがダウンした」という現実で頭がいっぱいでした。

これと似たようなことをその後もたくさん経験しました。「サイトがダウンしてパニックになる」ということではありませんよ。自分がやったことのインパクトを、後から知るということです。結局のところ、結果は他人や世間が決めることなのです。自分では想定できません。何かを経験している瞬間、何かに集中している瞬間にこそ、皆さんにとっての「今」があります。

「コメディアンになれなくて、残念だったね」

これまで、私の人生にも過去と現在が交錯した瞬間が何度も訪れました。

昨年（2012年）、サンフランシスコ・ベイエリアにある小児病院主催のチャリティイベントに招待されたときのことです。そこには、スティーヴ・カレルもゲストスピーカーとして来ることになっていました。

私はチャリティオークションに、自分が出演した即興劇の写真を出品しました。25年前、シカゴのセカンドシティにいたときに撮った写真で、スティーヴも一緒に写っています。チャンスがあれば、スティーヴにも見せようと思いました。彼のところには次から次へと大勢の人が押し寄せていました。そんな中、短い時間でしたが、何とか話をすることができました。

即興劇の写真を一緒に見ながら、昔話に花が咲き、「この人は今どこにいるかな」「この人は何をしているかな」と、他の劇団員の話になりました。何人かとは今も連絡をとりあっていましたが、消息が分からない人もいました。ひとしきり話が終わると、スティーヴは私の背中をポンポンとたたき、こう言いました。

「コメディアンになれなくて、本当に残念だったね」

人の期待にこたえるのが人生ではない

皆さんも、これから自分が歩いて行く道を自分で決めることはできないことを知っておいてください。どんな道を歩まなくてはならないか、というのは分からないものなのです。だから、自分が好きなことをやっていくしかありません。自分が好きな道を、自分が信じる道を進んでください。そうやって前に進みつづけるしかありません。

そこには新たなチャレンジもあります。

皆さんはこれまで「人からの期待にこたえよう」「期待を超えられるようにがんばろう」と努力してきましたね。それは素晴らしいことです。きっと期待以上だと周りの人は思っていますよ。壇上にいる私には、ガウンに身を包んだ皆さんの姿が、「巨大な合唱団」に見えます。すごい才能を持った人たちの集まりという意味です。

でも、今日からは、ギアを入れ替えなくてはなりません。人の期待にこたえたり、期待を超えようとしたりするのが、皆さんの仕事ではありません。そもそも超えるべき「期待」も存在しません。これからの人生には台本もありません。台本のない人生をどう生きたらいいか。自分の好きなことに全力を注ぐことです。そうすれば、どんなつらいことでも乗り越えられます。

なぜなら、それが自分で選んだ道だからです。自分がやりたいことを実現するために、チャンスをつかみ、思いきった決断をしていく。そういう生き方を選択したのならば、何が起こっても、次の一手を自分で決めることができます。

反対に、「他人の期待に応えよう」「人から言われたことをやろう」としたらどうなるでしょうか。きっと何もかもうまくいかないでしょう。皆さんの人生はめちゃめちゃになります。

自分の行動を他人に決めてもらうのが習慣になったら、人生というステージの上で、ただ立ち尽くすしかないでしょう。次の動きを自分で決められないからです。与えられた役柄を忠実に演じようとする人は、不測の事態に対応できません。

インパクトは後からついてくる

私が「世間からの期待にこたえなくていい」というのには、もう一つ理由があります。ここであえて「世界にインパクトをもたらせ」と言わないのもそのためです。

世界にはあまりにも大きな問題があります。自分は全く貢献できないのではないかと思うぐらい、問題がたくさんあるのです。「世界にインパクトをもたらす」ことにとらわれてしまうと、自分は無力だと落胆することにもなりかねません。

シリア、イラン、北朝鮮で今、何が起こっているか、考えてみてください。そんな簡単に問題解決できないのはお分かりですね。自分がこうした国々で生きなければならなくなったらと思うと、冷や汗が出てきますね。この化繊でできたガウンの風通しが悪くて、暑いからじゃありませんよ。この黒いガウンは、3日前ぐらいにエンジン用燃料からつくられたのかもしれませんが。

最初から世界にインパクトをもたらそうなどと考えなくともいいのです。そのかわりに、自分の可能性に賭けて、勇気を持って自分の道を選択してください。やりたいことを全力でやってみれば、必ず結果が出ると信じてください。今から、どんな結果が出るだろうか、どんなことが起きるだろうかと、心配する必要はありません。そんなこと、誰にも分からないからです。

今に全力を注ぐ

皆さんの姿が、舞台裏で待機していた若い頃の自分の姿に重なります。

今日は卒業式です。自分が達成したことをあらためて振り返ってください。私は皆さんのことを誇りに思っています。ミシガン大学を卒業するということは、一つの偉業を成し遂げたことの象徴なのです。

これから皆さんは、即興劇のステージへと歩き出すことになります。ステージの上で、煌々たるライトを浴びて、舞台に立つことでしょう。そんな皆さんに覚えておいて欲しいことが2つあります。それは私が何年も昔に劇団で学んだことです。

まずひとつめです。大胆に考えて、勇気ある決断をしてください。

キーブラーエルフの工場にいる自分を想像してみてください。

皆さん、何を恐れて、自由に発想しない？

ふたつめは、次にどんな台詞を言えばいいか、次に何をやらなくてはいけないか、と未来を心配しすぎないでください。人生に台本はありません。台本のない人生を生きてください。

今この瞬間を生きてください。この瞬間を生きてください。この瞬間を生きてください。

今から20年もすれば、皆さんはこのスタジアムの別の席に座っていることでしょう。20年後の皆さんは何をしているでしょうか。

野原に寝っころがって、雲をながめている、手術室に向かう患者の手を握っている、学生のレポートに成績をつけている、娘のサッカー練習を見ている、あるいは、この演壇に立っている……。

そのとき、その瞬間を生きてください。過去や未来のことを心配しないでください。今に全力をそそいでください。何よりも、周りの人にありがとうということも忘れないでください。本日は、ありがとうございました！

#GOBLUE[*6]

＊6　ミシガン大学のチームや同大出身のスポーツ選手を応援する公式ツイッターアカウント。

Jack Ma

ジャック・マー

（アリババグループ創業者）

大学受験に
3度失敗して

私が14年間で得た哲学はひとつ。
今日はつらい。明日はもっとつらい。
でも明後日には、素晴らしい一日が待っている。

©Getty Images

Jack Ma

1964年、浙江省杭州生まれ。中国名は馬雲。大学受験に3度失敗し、三輪自動車の運転手となる。だが、挫折をバネに奮起。再び大学進学を目指し、杭州師範学院（当時）英語科へ入学。卒業後は、杭州電子工業学院（現在は杭州電子科技大学）の英語教師などを務める。のちに渡米し、現地でネットに出会う。帰国後の1999年、杭州にてアリババグループを創業。小さな通販サイトからスタートした同社は、B to Bのみならず個人市場の顧客の獲得にも成功し、中国一のネット企業へ。同社の株式の時価総額は、およそ2560億ドル（2014年12月末）。ヤフー！創業者のジェリー・ヤンから評価され、中国のヤフー！のオーナーに。ソフトバンク取締役も歴任。2014年、米フォーブス誌による「中国富豪リスト」では初の首位となった。

2013年11月8日

香港科技大学

まさに飛ぶ鳥を落とす勢い。中国一のネット企業の創業者。けれども、若い頃の彼は落ちこぼれで失敗ばかり。それでも、「人から尊敬されるリーダーになりたい」との一心で努力を続けてきたという。マーのすべてが9分間に凝縮された、渾身のスピーチ。

マーヴィン・チュン会長、トニー・チャン学長、本日は名誉博士号を授与していただき、ありがとうございます。卒業される皆さん、親御さん、おめでとうございます。皆さん、今日からはもうテストやレポートに悩まされることもありませんね。さぞかし嬉しいことでしょう。でも、残念ながら、これからもテストはあります。社会人として、新たな試験に臨まなくてはならないのです。人生にはたくさんの試練（テスト）が待ち受けています。

私が大学を卒業したとき、多くの人々からこう言われました。「これからは、つらいことがいっぱいあるよ」と。でも実際、社会に出てみると、そうでもないことに気づきました。キャンパスの外には、思いのほか素晴らしい人生が待ち受けていました。どうか、皆さんもこれからの人生を存分に楽しんでください。

この私が、こんな美しいガウンを着て、香港科技大学の卒業式に参加することになるなんて、夢にも思いませんでした。ところでこのガウンと帽子は私のような小柄な人用にはつくられていないので……ちょっと失礼ながら、帽子はここに置かせていただきますね。このほうが私らしいでしょう。このような栄誉を受けるということは光栄なことですが、同時に責任も感じています。人から賞賛されるということは、時として、批判されるよりもプレッシャーとなるからです。

落ちこぼれからの大逆転人生

「人生はチョコレートの箱のようなもの。食べてみるまで分からない」

これは私が大好きな映画「フォレスト・ガンプ／一期一会」[*1]の一節です。まさに私の人生はその言葉のとおりでした。

私は、大学受験に、3回、失敗した人間です。大学受験の前にも、一流校の入学試験を何度も受けたことがありましたが、いつも不合格でした。私の両親からは、「お前は永遠に大学に入学できないんじゃないだろうか」と言われました。友人たちからは、「こいつは絶対に成功しない」と思われていました。そんな私が、今日、博士号を取得することができたのです！

＊1　1994年公開。ロバート・ゼメキス監督、トム・ハンクス主演。知能指数は高くないものの、足が速く誠実な主人公の人生を、その時々のアメリカを象徴する事件とともに描いた。アカデミー賞作品・監督・脚本賞などを受賞。

自分を信じれば、必ずチャンスはやってきます。アリババを起業したとき、私はいつも自分にこう言い聞かせていたものです。「このジャック・マーが成功できるなら、中国にいる80%の若者は成功できるはずだ」。

私は若い頃、「賢いね」などとほめられたことは一度もありませんでした。それが今では、多くの人たちから、
「ジャック、あなたは何て賢い人なんだ。いち早くインターネットに可能性を見出して、eコマース事業をはじめるなんて！」
と言われます。そんな風に賞賛されたら、私はいつも、こう言うようにしています。
「私一人でやったことではありません。社員全員で実現したことです。皆で同じ夢に向かって頑張ったから、今のアリババがあるのです」

本日、ここで講演するにあたって、「何を話せばいいだろう」「私のどんな経験談が役に立つだろう」と頭を悩ませました。私がこのような場で講演するには、ちょっと早いのではないかとも思いました。皆さん、私はまだまだ若いのです！

最初にお伝えしたいと思ったのが、なぜアリババが今日まで生き残ってこられたか、という点についてです。その大きな原動力となったのが、若者の力です。アリババは、成功したいと願う若者にどんどん活躍してもらい、彼らの成長を支援してきました。

何か新しいことを始めようとするとき、「すでに成功している人」よりも、「成功したいと思っている人」に声をかけたほうがずっとうまくいくのです。これは私の経験から自信を持って言えることです。アリババが成長できたのは、ともに成長したいと思ってくれた若い人たちのおかげなのです。

ここからは、アリババで働く若者と同じように、これから社会で活躍される皆さんへ、私からのアドバイスをいくつかまとめてお伝えしようと思います。

尊敬されるリーダーになりたい！

まず一つめは、「根気強く、努力をつづけてください」ということです。

常に自分自身に、自分の夢に忠実であってください。

「もうあきらめよう」とは言わないでください。

「できない」とも言わないでください。

親というものは、自分のほうが優れていることを前提に、物事の善し悪しを子どもに教えようとしますね。私の父はいつも「お前より私のほうが偉い」と言っていましたし、私の祖父は父に対して同じことを言っていました。ところが今の時代は違います。「若い世代のほうが親の世代よりも優れている」と言える分野がたくさんあるのです。皆さんにはできて、私たちにはできないことも数多くあるでしょう。

皆さんが最初に描いた夢を貫き通してください。

14年前、アパートの一室でアリババを起業したとき、私の手元には米ドルで5000ドルしかありませんでした。そんな状況だったのに、私は妻にこう尋ねたのです。

「私はこれから、中国一の富豪をめざすべきだろうか？ それとも、人々から尊敬されるビジネスリーダーをめざすべきだろうか？」

「尊敬されるリーダーになってほしいわ」

と妻は答えました。

妻の一言で、私は、「中国一の富豪になることが、私の人生の目標ではない。町一番、村一番の金持ちになる必要もない。『尊敬されるリーダー』になればいいのだ」と確信しました。それ以来、ずっと、その目標に向かって、今日まで走り続けてきました。

「尊敬されるリーダー」になるのは簡単なことではありませんでした。人から尊敬されるためには、まず自分を犠牲にしなくてはならないからです。中国語で言えば、「男人的胸怀是被冤枉撑大的」。人よりもつらいことを乗り切って、初めて人から尊敬されるのです。このことを皆さんにあらためてお伝えしておきたいと思います。

チャンスがないことは、ない

二つめのアドバイスは、「常に楽観的であれ」ということです。必ずうまくいくぞと考えてください。明日は今日よりも素晴らしいということを忘れないでください。

若者が「私たちにはもうチャンスがない」と嘆く気持ちは私にもよく分かります。「ジャック・マー、ポニー・マー[*2]……、彼らが全部いいところを持っていってしまったじゃないか」と。

でも私たちの世代だって、同じようなことを、ビル・ゲイツに対して思っていたのです。「あなたが先にマイクロソフトをつくってしまったから、私にはもうチャンスがないじゃないか」と。ところが、こんな風に他の人があきらめてしまったときが、逆にチャンスなのです。そこに成功の機会があります。それを逃さないでください。

世界はこれからも発展していくことでしょう。今日に至るまで、人類は、何千、何百もの災害を乗り越えてきました。「楽できたのは昨日まで」とはよく言ったものですが、人間が努力を重ねれば、世界はもっとよくなるはずです。

私がこの14年間で得た哲学はただ一つ。

今日はつらい。明日はもっとつらい。でも明後日には、素晴らしい一日が待っている。

ほとんどの人は、「明日」の夜ぐらいで、あきらめてしまいます。死にものぐるいで努力した人しか、「明後日」の朝日を見ることができません。それを私は身をもって体験しました。

香港にはもうチャンスがない、と言う人がいます。でも私はそう は思いません。香港

＊2　馬化騰。中国のIT企業テンセントの創業者で大富豪。

には、これからも大きな可能性があります。もちろん中国にもです。多くの人々が過去の成功に浸って、前を向こうとしません。そんな中でも、私は常に将来の夢に向かって生きていきたいと思っています。

香港では、かつてファミリービジネスや不動産業が隆盛でした。就労スタイルもヨーロッパ式、イギリス式でした。しかし、現在、香港のビジネススタイルは変わりつつあります。「新しい中国」のもと、新しい香港になりつつあるのです。皆さんも変化に耳を傾けて、どうかベストをつくしてください。

千と一つの失敗物語

三つめのアドバイスは、「変化を歓迎してください！」ということです。

これは、私が今も大切にしている教訓です。ここにいる若い皆さんにとっても、重要なメッセージだと思います。

世界は驚くほどの早さで変化しています。皆さん自身が変わらなければ、世界は変わりません。独自のビジネスを立ち上げて大成功している企業には、共通して、変化を歓迎する文化があります。

私たちは、毎分、毎秒、変化しつづけています。変化には苦痛が伴います。しかし今、変わらなければ、将来もっとつらくなります。私たちの生活がどれだけの早さで進化していくか、誰にも分かりません。追いつけなくなる前に変わったほうがいいのです。

人生は、何かを達成するためではなく、何かを経験するためにあるのです。私はそう信じています。

アリババについて、多くの本が出版され、様々な記事が書かれています。残念ながら全部に目を通しているわけではありません。読むと何だか恥ずかしくなるからです。私たちは世間で思われているほど立派な人間ではありませんし、批判されているほど悪い人間でもありません。私たちは、私たち、アリババはアリババなのです。

いつか私が本を書くとすれば、タイトルは『アリババ―千夜一夜の失敗物語』[*3]にしたいと思っています。アリババの成功談ではなく、失敗談を伝えたいからです。

成功する方法というのは、千差万別なのであまり参考になりません。でも、人間は、だいたい同じようなことで失敗します。そこに学ぶ価値があるのです。どうか成功からではなく、失敗から学んでください。

日が照っているときに、屋根を直す

人生は冒険するためにあります。皆さん、若いのですから、何でもやってみてください。変わりつつある中国に行ってみてください。世界へ飛び出してください。世界は変化しつづけています。皆さんが変われば、周りも変わり、世界を変えられるということを忘れないでください。

＊3　「アリババと40人の盗賊」を収録した『千夜一夜物語』にかけている。

冒険には失敗がつきものです。皆さんも出来る限り失敗したくないでしょう。失敗を避けるのに一番良い方法は、「最も成功しているときに、それまでのやり方を変えること」です。

アリババは、「ビジネスがうまくいっているときに、あえてビジネスモデルを破壊する」ということを何度もやってきました。もちろん破壊するタイミングは重要ですが、成功モデルを捨てることによって、生き残ってきたのです。

「屋根を直すとしたら、日が照っているうちに限る」です。雨が降り始めてから、屋根を直しては遅いのです。皆さんのこれからの健闘を祈ります。本日、私がお伝えした三つのメッセージをもう一度繰り返します。

根気強く、努力をつづけてください。

常に楽観的に考えてください。

変化を歓迎してください。

20年後、30年後、皆さんが、この壇上に立ち、若者に講演をするような人間に成長していることを心から願います。私と同じように美しいガウンを着ている姿が目に浮かびます。このガウンは、私には大きすぎましたが、きっと皆さんにはピッタリでしょう。

本日は、ありがとうございました。

Sheryl Sandberg

シェリル・サンドバーグ

（フェイスブックCOO）

リーン・イン！

「世界は男性に支配されている」という悲しい現実。
決断の日が来るまで、野心を持って
リーン・イン（前進）し続けてほしい。

©Matt Albiani

Sheryl Sandberg

1969年、ワシントンD.C.で生まれる。ハーバード大学経済学部を卒業後、世銀で1年間働く。ハーバード大学経営大学院にてMBA取得。マッキンゼー・アンド・カンパニーを経て、米財務省首席補佐官に。2001年グーグル入社。グローバル・オンライン・セールス及びオペレーション担当副社長を務める。2008年、COOとしてフェイスブックへ入社。同社の収益力をあげるべく尽力。2010年「なぜ女性リーダーは少ないのか」と題したTEDでの講演は、大きな反響を呼ぶ。2013年、女性のエンパワメントを訴えた著書『リーン・イン』（日本経済新聞出版社）を刊行。2人の子どもを持つワーキングマザーとして自身の体験も反映されている。

2011年5月17日

バーナード大学

ベストセラー『リーン・イン』の著者で、今、世界で最も影響力のある女性リーダー。ハーバード大学卒業後、財務省、グーグル、フェイスブックと輝かしいキャリアの道をひた走るサンドバーグが、身を切るような思いで女子大生へ訴えかける。

デボラ・スパー学長、理事会メンバーの皆さん、敬愛する教員の皆さん、誇らしげな親御さんたち、もじもじしている御兄弟・姉妹の皆さん、忠実な友人の皆さん。本日はおめでとうございます。そして、バーナード大学を本年度ご卒業される皆さん！　おめでとうございます。今日から、晴れて「教養ある社会人女性」の仲間入りですね。皆さんの名前は、第１１９期生の一員として、バーナード大学の偉大なる歴史に永遠に刻まれることとなるでしょう。

本日、この壇上から、皆さんにお話しできるというのは、この上ない喜びです。その理由の一つが大学時代ルームメイトだったキャロライン・ウェバーが、教員として参列してくれていることです。それから、もう一つ。私は普段シリコンバレーで男性ばかりに囲まれて仕事をしているので、こんなに多くの女性の前でお話しできて、嬉しくてしかたがないのです。男性より女性のほうが多いというのは、何とも気持ちがいいものですね。

本日の卒業式には男性も参列されていますね。いつも私たち女性を応援してくださっている男性の方々。今日は周りに男性が少なくて、ちょっと居心地が悪いのではないでしょうか。皆さん、どうぞ深呼吸してください。それから幸いなことに、男性トイレは空いていますから、ご心配なく。

名門大学を卒業する特権

私が大学を卒業してから、はや20年が経ちました。フェイスブックで働いていると毎日、毎日、「自分は周りの人よりも年長者なのだ」という現実を思い知らされます。たとえば、27歳（２０１１年当時）のマーク・ザッカーバーグは、あるとき、私にこう聞きました。ご存知のとおり、マークはフェイスブックの創業者で私の上司でもあります。

「ねえ、〝中年の危機〟っていうのはいつ来るの？　30歳？」

その日は、オフィスで何とも複雑な気分になりました。

とはいうものの年を重ねたおかげで、学んだこともあります。それは、私たち人間は、人生で過ぎ去った日々のほとんどを覚えていないということです。もちろん今日だって例外ではありません。私が話したことを、一言も覚えていない人もいるかもしれません。

誰が講演をしたかさえ、記憶に残っていない可能性だってあります。ちなみに、私の名前はシェリルで、Sがつくほうのシェリルです。
それでも、自分にとって重要なことは絶対に覚えているはずです。人生の節目を迎え、新たな一歩を踏み出すとき、どんな気持ちだったか。それだけは一生忘れないことでしょう。

今日は皆さんの卒業をお祝いする日です。少し暑苦しいガウンをきている皆さん、これまで一所懸命がんばった自分を讃えましょう。今日は、周りの人に感謝をする日でもあります。支えてくれたすべての人たち……皆さんを育て、導き、時に手を差し伸べ、時に涙をぬぐってくれた人たちに、感謝しましょう。
今日は、皆さんがこれまでの人生を振り返る日でもあります。一つの時代が終わり、新しい時代が始まる日だからです。

バーナード大学を卒業するということは、幸運な人間の仲間入りをするということです。教育熱心な家庭で十分な教育を受けさせてもらった結果、バーナードに入学したという人もいれば、数多くの試練を乗り越えて入学し、本日、一家で初の大卒者として、その栄誉を称えられる人もいるでしょう。何と素晴らしい偉業を成し遂げたことでしょうか。

生まれ育った環境はそれぞれ違っていても、今日から皆さんは、「世界で最も高度な教育を受けた社会人」の一員となります。バーナード大卒という特権を得た皆さんの前には、ほぼ無限の可能性が広がっています。このことは重い意味を持ちます。つまりチャンスを生かさなくてはならないということです。大きなチャンスには大きな責任が伴います。

あなたは努力して身につけた教育を、どのように活用していきますか？

目の前に広がるチャンスを、どのように生かしていきますか？

世界をよりよく変革するにはどうしたらいいでしょうか。変革への過程で、あなたはどのような役割を果たしていきたいですか？

21世紀の人道問題

昨年（2010年）、ピューリッツァー賞受賞者のシェリル・ウーダンとニコラス・クリストフがバーナード大学に来校し、著書『ハーフ・ザ・スカイ——彼女たちが世界の希望に変わるまで』[*1]について講演しました。『ハーフ・ザ・スカイ』は、世界の人権問題を語る上で、極めて重要な本です。皆さんの中には昨年、講演を聴いて、本の内容を知

＊1　人身売買、名誉殺人、妊産婦の死亡など——世界で約1億人の女性の命が差別によって奪われている実態を、ニューヨークタイムズの記者ふたりが、渾身の告発。全米で大反響を呼んだノンフィクション。

っている人もいるでしょう。

著者はこの本の中で、歴史を振り返りながら、何が人道問題を生じさせたのか、その根本的な要因について言及しています。19世紀は奴隷制度。20世紀は全体主義。そして、21世紀は、世界中の少女や女性に対する抑圧です。特にアジア、アフリカ地域において、抑圧は深刻な問題です。

『ハーフ・ザ・スカイ』の出版は、世界の人々が抑圧に対して戦っていくきっかけとなりました。「すべての女性に基本的人権を」「女性に対する身体的、心理的、政治的虐待を止めさせよう」と訴える声が高まったのです。本に登場する女性たちも、私たちと同じ女性です。ただ生まれた環境が違うというだけで、抑圧に苦しめられているのです。

こうした女性たちと比べれば、私たちは恵まれていると言えます。アメリカでは、他の先進国と同様に、法の上での男女平等が認められています。しかし、法律上平等だからといって、本当に平等であるとは限りません。

結局、「世界は男性に支配されている」のです。とても悲しいのですが、この現実を認めなくてはなりません。１９０人の国家元首の中で、女性は９人しかいません。世界の国会議員の中で、女性が占める割合は13％。アメリカ企業の経営層や取締役のうち、女性は15％しかいません。この数字は過去９年間、全く変わっていないのです。アメリカの大学に所属する常勤教授の男女比を見てみても、女性は全体の24％しかいません。

それでも、40年前に比べれば、かなり改善されたといえるでしょう。たとえば、1960年代、私の母が大学を卒業したころ、女性が就ける職業は2つしかありませんでした。看護師と教師です。

そんな時代を生きながらも、母は、女性である私と妹に対して、「あなたたちなら何にでもなれる」と励ましてくれました。男性である弟と同じく、何でもできるのだと。こういう母のもとで育ったからこそ、今の私と妹があるのです。

ところが、とても悲しいのは、私たちの世代では、男女平等な社会を実現できそうにもないことです。私たちの力では、社会の上層部にいる女性の数をこれ以上増やせそうにありません。

1981年、アメリカでは大学卒業者の50%が女性になりました。今から30年前のことです。30年もあれば、こうした女性たちが、それぞれの分野でトップにのぼりつめることも十分できたはずです。

にもかかわらず、現在、トップにいる女性の割合は50%に遥かにおよびません。これは何を意味するかというと、世界にとって、そして、私たちにとって重大な決断が下されるとき、女性の意見が半分も反映されないということです。

だからこそ、今、皆さんの力が必要なのです。もっと平等な世界を実現してほしいと心から願っています。皆さんは、私たちの希望なのです。女性が、政府、企業、大学などで、本当の意味で、男性と同じ権利を獲得したとき、現代社会が抱える最重要課題、すなわち女性への抑圧問題は、解決されていくと思います。

社会の全ての階層に女性が進出すべきです。トップにも女性が必要なのです。そのためには、社会で活躍する女性の数を増やして、クリティカルマス[*2]を達成していかなければなりません。男性主導の社会のしくみを変え、女性の意見が聞き入れられ、反映されるようなシステムにしていく必要があります。女性の声が、軽んじられたり、無視されたりしてはいけないのです。

自分の潜在能力を信じる

これから壇上で卒業証書を受けとる皆さん。今晩は、仲間と思う存分、卒業を祝うことでしょう。

羽を伸ばした後は、社会人としてキャリアを前進（リーン・イン）させていくことになります。自分がやりたい仕事を見つけて、生き生きと働き続けたい。自分が選んだ仕事でトップまでのぼりつめたい。そう思っている人もいるでしょう。

こうした目標を達成するにはどうしたらいいのでしょうか。私がまずアドバイスしたいのは、「大きく考えてください」ということです。

アメリカで大卒の男女を対象に、成功願望について調査したところ、男性は女性よりも仕事に対して野心的であることが分かりました。男性は大学を卒業したその日から、

＊2　ある商品やサービスが爆発的に普及するために最小限必要とされる市場普及率

成功したいと願っているのです。キャリアを一歩一歩のぼっていく過程でも、常に女性よりも野心的です。女性がもっと野心を持たない限り、男性と同じように出世することはできないのです。

もしすべての若い女性たちが、今、この瞬間に、大きく考えはじめれば、男性との「野心の差」は一夜にして縮まることでしょう。リーダーシップというのは、リーダーになりたいと思う人に備わるものなのです。まずは、皆さん一人一人がリーダーシップをとりはじめてください。

次に、成功するためにリーダーシップをとると決めたら、今よりももっと自分の潜在能力を信じてください。調査によれば、男性に比べて、女性は自分が達成した成果を低く見積もる傾向にあるのだそうです。「あなたの大学の成績（ＧＰＡ）は？」など客観的な評価基準について、男女別に質問をしてみると、男性は実際の数字よりも少し高めの数字を答え、女性は少し低めの数字を答えるという結果が出ています。

男性に「成功の要因は何だったか」を聞いてみると、「自分の能力」と答えます。それに対し女性は、自分のスキル以外の要因を挙げます。

女性に「なぜ成功したと思いますか」と聞いてみてください。「私はただ幸運だったのです。私の周りの素晴らしい人たちが支援してくれました。私自身も、一所懸命頑張りました」と答えることでしょう。

一方、男性に同じ質問をすれば、「何て意味のない質問なのだ。オレがすごいからに決まっているだろう」と言う（少なくともそう思う）に違いありません。自分の貢献度を低く見積もることは、皆さんにとっても、世の中にとっても、マイナスとなります。最初から自分の能力を過小評価して伝えれば、それが現実となり、社会に与える影響力も小さくなってしまうからです。女性は、男性を見習って、もっと、「私の成功は私のおかげだ」と思ってもいいのです。


これが女性にとって「言うは易く行うは難し」なのは分かっています。私自身の経験からもその難しさは実感しています。私はこれまでのキャリア人生で、「自分に能力があったから成功した」と思ったことはほとんどありませんでした。本当に自分の功績だとは思わなかったのです。

大学に合格したときは、応募書類を書くのを指導してくれた両親のおかげだと思いました。財務省に就職できたのも運がよかったからだと思いました。たまたま大学で財務省にコネクションのある教授[*3]の授業を履修したからだ、と。

私がフェイスブックの経営トップになれたのも、グーグルのおかげだと思いました。他の同僚たちと同様に、私にとって、グーグルは「ロケット船[*4]」でした。ロケット船に乗ったおかげで、短期間で経営トップにまで上昇することができたのです。

＊3　経済学部の大御所教授ローレンス・サマーズのこと。後にサマーズがクリントン政権下で財務長官を務めた際に、サンドバーグは首席補佐官となった。
＊4　グーグルの元CEO（現会長）エリック・シュミットが、かつてサンドバーグをスカウトした際のくどき文句が、「君はロケット船に乗るんだ」。

現在でも、そう思う瞬間は数多くあります。「自分の成功は自分以外のおかげだ」と思う習慣を改めなくてはならないのは分かっています。次のチャンスをつかむためにも、もっと自分の能力を信じなくてはならないことも。なぜなら世の中の男性は皆、「オレはすごい！　オレなら出来る！」と思っているに違いないからです。

だから皆さん、これだけは忘れないでください。

皆さんはすごい人たちなのです！

自画自賛しろ、とは言っていません。傲慢な人は、男性でも女性でも嫌われます。私が申し上げたいのは、自分を信じることからはじめてくださいということです。世界によりよい影響を与えることができると信じてください。そうして、はじめて自分の可能性を実現していくことができるのです。

女性が、「私の成功は私のおかげだ」と思うのをはばかるような外圧があるのも事実です。

たとえば、「社会的な成功と他人からの好感度」との相関関係を男女別に見てみれば（私は調査結果が好きなのです）、「男性にとって成功はプラス、女性にとって成功はマイナス」という結果が出ています。つまり、男性は、権力を持てば持つほど、社会的に成功すればするほど、男性からも女性からも好かれる。一方、女性は、成功すればするほど、男性からも女性からも嫌われるということです。

権力ある地位に就いている人たちのことを、部下たちがどのような言葉で形容しているか、考えてみてください。男性に対しては、「あの人は要求が厳しい人だ」と言い、女性に対しては「あの人は重箱の隅をつつくような細かい人だ」と言っているはずです。同じように社内の意見調整をしても、男性のほうは、「意見をうまくまとめた」と評価され、女性のほうは「政治的にふるまった」と批判されるのです。

人気ブログに中傷される

私はこれと同じようなことを、実際に経験したことがあります。私がフェイスブックに入社したとき、シリコンバレーの人気ブログに、私への中傷コメントがどんどん書き込まれていったのです。それは、信じられないほどの量でした。

見知らぬ匿名の人たちから「嘘つき」「二重人格」と呼ばれ「フェイスブックを永遠にダメにする人」とまで書かれました。それを見た私は一人で泣きました。何度も眠れない夜を過ごしました。

でもすぐに、「こんなの、大したことではない」と自分に言い聞かせることにしました。すると、周りの人たちも「あんなブログ、気にしなくていいよ」と声をかけてくれました。「実は同僚たちも、こっそりブログを読んでいたのか」と、そこで初めて気づきました(笑)。

どうやって中傷に反撃しようかと考えたこともあります。しかし、結局そんなことをするのはやめました。とにかく今は一所懸命仕事をしよう、仕事を成功させよう、それが中傷に対する最も効果的な対抗策になると思いました。そのことを証明するかのように、フェイスブックの業績が上がると、悪口を書かれることもなくなりました。

私が女性だったから、厳しい目で見られたのでしょうか？　きっとそうでしょう。今後のキャリアの中で、また同じような経験をするでしょうか？　もちろんするでしょう。今でも次に同じような中傷にあっても気にしません。自分にそう言い聞かせています。これが正しいやり方なのかどうか、自信はありませんが、少なくとも「次に逆境に直面しても、自分は乗り越えることができる」ということだけは分かっています。結局、最後は真実が勝つのです。何を言われても、頭を垂れて、謙虚に働きつづけていればいいのです。

家庭内でも実践を

大きく考える。自分の成功は自分の能力のおかげだと思う。リーダーシップをとる。こうしたことを女性が仕事で達成しようとすると、社会からの圧力によって様々な犠牲を強いられることになります。つまり、キャリア女性の代表として、人一倍熱心に働くことを求められます。自分のキャリアを実現していくだけではなく、女性全体の未来を切り開くことを期待されているからです。それと同時に、家庭でも、相当の犠牲を払う必要が出てきます。

男性であれば、そんなに苦労することなく、仕事上の成功とプライベートでの幸せを両立することができるでしょう。ところが女性の場合はそうはいきません。家事と育児があるからです。家事労働の大半は依然として女性の仕事です。ともに正社員として働いている夫婦がいたとします。その場合、妻が家事に費やす時間は、夫の2倍、育児のために使う時間は、夫の3倍です。

母の世代から私の世代に至るまでの間に、仕事の上での男女平等は推進されてきました。ところが、家庭内での男女平等はあまり進まず、それが、現在、女性の社会進出の大きな足かせとなっています。

女性がキャリアを築いていく上で、最も重要な選択とは何か。それはパートナーの選択です。直感的には理解しにくいかもしれませんが、女性が働くことに協力的なパートナーを選べるかどうかで、その後のキャリアが大きく変わってくるのです。家庭内の仕事も、喜びも、ともに分かち合ってくれる男性を選べば、キャリアも存分に追求していけるでしょう。

家庭内では、男性が家事を半分、担当してくれるようになり、社会では、働く女性が組織の半分を占めるようになる。こんな世の中になれば、世界はもっとよくなると思いませんか？

私には3歳の娘と6歳の息子がいます。子どもたちが大人になるまでに、自分の生き方を自由に選べるような世界を実現できたらと思います。そのためには皆さんの力が必要です。息子が、仕事だけではなく、家事にもフルに貢献できるような社会になってほしい。娘が、息子と同じように、仕事にも家事にも全力で取り組めるような社会になってほしい。そう願っています。

もし、娘が仕事に集中することを選んだら、その成果に対して、公平に評価されるような社会であってほしいと思います。「ワークライフバランス」は、女性が参加する会議だけで議論されているだけではだめなのです。それが社会全体で実践される日が来るのを私は心待ちにしています。

女性が社会から後退する瞬間

もちろん、女性の誰もが社会に飛び込んで、トップまで登りつめたいわけではないことは分かっています。

私たちにも、皆さんにも、それぞれ独自の生き方があります。人生にはたくさんの紆余曲折がありますから、キャリアを第一に考えない女性がいるのも当然です。

友人の中には、私とは違う生き方を選択した人もいます。育児というハードな仕事に全力を捧げることを選んだ人。家庭を守る責任感から、仕事よりも育児を優先してパートタイムで働くことを選択した人。あるいは、子どもとともに過ごす時間を大切にして、出世以外のゴールを追求することを選んだ人。

私は、こういう生き方を選んだ友人たちを心から尊敬しています。もしかしたら皆さんも将来、彼女たちと同じような選択をするかもしれません。

でも、その日が来るまで、今、出来ることはすべて全力でやってください。

そうすれば、いざ仕事に復帰することになっても、自分で自分の働き方を選択することができます。やろうと思えば、また第一線で活躍することもできるのです。

この20年間、様々な働く女性たちを見てきて、実感したのは、女性は「たった一度の大きな決断」でキャリアをあきらめるのではない、ということです。「小さな決断」を何度も下した結果、最終的に家庭を優先するという結論に至るのです。

それはもしかしたら、医学部に在籍しているときかもしれません。「あまり面白そうじゃないけれど、この専門科目をとっておこう。今後、医師の仕事をセーブしたくなったときに、役に立つかもしれないから」。あるいは、法律事務所に入所して5年目に、こう思うかもしれません。「本当に役員（パートナー）をめざすのが正しいのかしら。だって、将来、子どもはほしいもの」。

こうした女性たちはまだ結婚していないにもかかわらず、前もって仕事とプライベートのバランスをとっておこうとします。新しいチャンスやプロジェクトを追いかけるのをやめてしまうのです。早々と出世をあきらめてしまう人もいるでしょう。そうなれば、女性は静かに社会から後退しはじめます。問題は、自分が第一線から後退したという現実に気づいていないことです。

出産後、自らの意志で仕事に復帰した女性は皆、同じことをアドバイスするでしょう。やむにやまれぬ事情でもない限り、復帰しないほうがいいと思うよ、と。

何年も前にキャリアを追求するのをやめてしまっていたら、復帰したところで退屈な日々が待っています。周りの人がどんどん出世していく中で、自分は会社から過小評価されていると感じるかもしれません。そんな状況が予想されていれば、誰も仕事に復帰したいなどとは思いません。

仮に復帰したとしても、「こんな犠牲を払ってまで働き続ける価値はないわ」と思うような現実に直面することになるでしょう。

リーン・イン

私は、心から皆さん全員にお伝えしたい。早々とキャリアの階段から降りないでください。社会から後退（リーン・バック）しないでください。前進（リーン・イン）してください。アクセルペダルを踏みつづけてください。

仕事より家庭を優先しようと決断する日が来るまで、ペダルから足を離さないでください。そうやってはじめて、今後のキャリアを自分で選択できるようになるのです。

最初に就職したところが、競争が激しい会社だったらどうしますか？　働きつづける価値はあるでしょうか？　他人が成功だと思うことと、自分が成功だと思うことは同じでしょうか？

こうした質問に答えられるのは、自分しかいないということです。この会社は出世競争が激しすぎると思ったら、競争から降りる前に、もう一度考え直してみましょう。

もしかしたら、仕事の内容が合わなかっただけかもしれません。それなら、もう一回、挑戦してみましょう。それでダメなら、何度でも挑戦しましょう。情熱をかきたてる仕事に出会うまで、自分にとっても社会にとっても大切だと思う仕事に出会うまで、挑戦しつづけてください。

自分が好きなことで社会に貢献できるということは、とてつもなく贅沢なことなのです。それが見つかれば、自分は何て幸せなんだと思うことでしょう。

世界の人々をつなげる使命

フェイスブックで、私たちはとても大きなミッションを掲げています。それは、世界をもっとオープンにし、世界中の人々のつながりを強めることです。

私はこれまで偉大なる起業家たちとともに仕事をしてきました。その中で得た最も重要な教訓の一つが「世界を本気で変えたいと思ったら、その日から大きな夢を持て」ということです。フェイスブックのマーク・ザッカーバーグ、グーグルのラリー・ペイジとサーゲイ・ブリン。彼らが私にそう教えてくれました。

フェイスブックの社員には、常に大きく考えてほしいと思います。そのために私たちは大きな夢を後押しするような企業文化を形成できるよう、努力しています。たとえば、オフィスの壁には、大きな赤い文字で書かれたポスターが所狭しと貼られています。「幸運は勇者に味方する」と書いてあるポスターもあれば、「不安が何もなければ、何をやるだろうか?」というのもあります。「不安が……」は、公式には認められていませんが、バーナード大学のモットーとも言えるような言葉ですね。これはバーナード大学の輝かしい卒業生、アナ・クィンドレン*5の名言です。彼女は、「私の専門は恐れないことだ」と言ったことでも有名です。

不安に思うからといって、やりたいことをあきらめないでください。自分の中に限界をつくらないでください。自分の外にある限界に挑戦してください。幸運は勇者に味方するのです。やってみなければ、自分が何に向いているかも分かりません。

今日、この壇上で卒業証書を受け取れば、社会人としての人生がはじまります。まずは、高い目標を掲げることからはじめましょう。この壇上にいる方々と同様に、私はこれから卒業する皆さんの中に大きな希望を見出しています。

人生の本当の意味を見つけてください。

＊5　ニューヨーク在住の人気作家、ジャーナリスト。ニューヨーク・タイムズのコラム‘Public and Private’で1992年、ピューリッツァー賞受賞。

幸せを追求してください。情熱を傾けられることを探してください。つらいときもうまく切り抜けてください。

もっと強くなって、不屈の意志を見せてください。

仕事とプライベートのバランスを取りたいと思ったときは、しっかり目を見開いて、よく状況を見てから決断してください。

皆さん一人一人が、世界を牛耳るぐらいの野心を持ってください。

そう、世界を支配するのはあなたです。世界は変革者を必要としているのです。

世界中の女性が、皆さんの未来に期待しています。私も皆さんに大きな期待をよせています。

皆さんの前には、大きなチャレンジと責任が待ち受けています。それはとても困難な任務かもしれません。でも皆さんならできます。成功に向けて前進しつづければ、必ず実現できるでしょう。今、自分自身に聞いてみてください。

不安が何もなければ、何をやるだろうか？
何をやるか決めたら、すぐにやりはじめてください。
皆さん、ご卒業おめでとうございます！

Elon Musk

イーロン・マスク

（テスラモーターズ創業者）

地球の
バックアップを

地球が滅亡する可能性が、1%でもあるとしたら。
そのバックアップとして、地球外にある
別の惑星を確保しておきませんか?

Elon Musk

1971年南アフリカ生まれ。10歳でプログラミングを独学、ペンシルバニア大学在学中に宇宙、クリーンエネルギー、インターネットの分野に従事することを志す。スタンフォード大学大学院中退後、最初に起業したZip 2社をコンパック社に売却、その後、共同創業したペイパル社をeBayに売却した資金で、ロケット開発のスペースX、電気自動車メーカーのテスラモーターズ、太陽光発電事業のソーラーシティを立ち上げる。2010年、テスラモーターズのパナソニック、トヨタとの提携を発表し、ナスダックに上場。同年スペースXを、民間企業として世界で初めて軌道に乗った宇宙機の回収に成功させる。2014年の来日でテスラが開発したモデルSの日本販売開始を発表した。

2012年6月15日

カリフォルニア工科大学

スティーブ・ジョブズを超える実業家になるのでは、と全米から熱い期待を寄せられるマスク。ペイパルを売却した利益で、電気自動車、ロケット、太陽光発電の３つの事業を動かす。「地球外への居住」など、今後の壮大な計画に圧倒されるスピーチ。

「クレイジーな人」と紹介されなくてよかったです。ご配慮いただき、ありがとうございます。

卒業式で講演することになって、まず考えたのは「皆さんの将来に、直接、役立つのはどんな話だろう」ということです。いろいろと考えをめぐらせましたが、結局、今の私にたどりつくまでの過程を、そのままお話しするのがいいだろうという結論に至りました。これまで私がどうやって様々なことを実現させてきたのか。それを一つ一つたどっていけば、そこから何らかの教訓が得られるのではないかと思ったのです。

私自身も、時々思うのですよ。「どうして自分がこんなことを実現できたのだろうか」と。

高度に発達した科学は、魔法と区別がつかない

「大人になったら何になりたいの?」

子どものころ、周りの人から、よく将来の夢について聞かれましたが、その頃は自分が何をやりたいかなんてよく分かっていませんでした。少し大きくなると、「何かを発明するって、ちょっとかっこいいな」と思うようになりました。アーサー・C・クラークの「高度に発達した科学は、魔法と区別がつかない」という名言を、どこかで読んだからです。今思えば、アーサー・C・クラークの表現は的確だったと思います。

たとえば300年ぐらい前に、科学者が地動説を唱えれば、火あぶりの刑に処せられました。人間は空を飛べるなんて主張すれば、気が狂っていると思われたのです。(望遠鏡を使えば)はるか遠方まで見ることができる、インターネットを「集合精神」のように使えば、誰とでもコミュニケーションをとることができる、世界中の情報に地球上のどこからでもアクセスすることができる……今となっては当たり前のことですが、昔は、「魔法使いでもない限り実現不可能だ」と思われてきたことばかりです。

実際、今、私たちが日常的に利用している科学技術の中には、過去に想像すらできなかったものもあります。魔法の世界にさえ存在しませんでした。現実の進化は人間の想像をも超えるのです。

「高度に発達した科学は、魔法と区別がつかない」という言葉を知ってからというもの、「自分も何か発明できたら、新しい技術の誕生に貢献できたら、何だか魔法使いみたいでかっこいいな」と、思うようになりました。

私は若かった頃、ちょっとした「実存の危機」に陥っていました。自分の存在にどんな意味があるのか？　自分が存在することの目的は？　そんなことをずっと自問していたのです。考えに考えた末、こんな結論に至りました。

「もし、世界中にある知識を結集して、進化させて、人間の意識の規模と領域を広げることができれば、もっと人智が開けるのではないだろうか。そうすれば人間は自らの存在意義についても、正しい問いかけができるようになるはずだ」

こうしてやっと私は「実存的危機」から脱して、前に進むことができました。自分がやるべきことが分かったからです。

大学院を辞めネットビジネスへ

大学では物理学と経済学を専攻しました。人間の意識の規模と領域を広げるためには、地球と経済がどのような仕組みで動いているかを知る必要があると考えたからです。

世の中の仕組みを学ぶ中で、「自分ひとりの力で、人類の発展に有意義なテクノロジーを生み出すのは難しい」「新しいものを創造するには、多くの人々に協力してもらわなくてはならない」ということも実感しました。

大学を卒業すると、(スタンフォード大学の)大学院に進学して、エネルギー物理学の研究を進めることにしました。それが最初にカリフォルニアに住むことになったきっかけです。

大学院で研究しようと思ったのは、電気自動車に使用される蓄電池のエネルギー密度についてです。この密度を向上させて、最終的にはバッテリーの替わりになるハイテクコンデンサーを発明できないかとも考えていました。1995年のことです。

ところが、ちょうどそのころ、私の周りでインターネットが急速に普及しはじめていました。それはかなり魅力的な世界に思えました。大学院で研究を続けるか、インターネットでビジネスをやってみるか、どっちの道に進むほうがいいだろうかと考えた結果、研究のほうはあまり成功しそうもないなと思い(実際、成功と失敗は紙一重の世界です)、インターネットのほうを選びました。それで、大学院を中退することにしたのです。

本日は卒業式。皆さん、無事、卒業できるのですから、ここで大学中退をおすすめしても、大丈夫ですよね。

ペイパル創業

大学院を辞めてからは、あれもこれもと、インターネットビジネスに挑戦してみました。そのひとつがペイパルです。ペイパルを創業する上で、最も重要だったのは、どんなビジネスモデルで会社をスタートさせるかでした。この話は皆さんにとっても参考になるかもしれません。

当初、私はペイパルを「すべての金融サービスをまとめて提供する場」にしようと考えていました。バラバラに提供されている金融サービスをシームレスに統合し、うまく運用できれば、ユーザーにとってはとても便利なサイトになるに違いないと思ったのです。この総合金融サービスサイトには「メール決済機能」もつける予定でした。

ところが、このアイデアには問題がありました。すべての金融サービスを統合するというのは、かなり難易度が高く、実現が難しそうだったことです。私は投資家などにプレゼンテーションをするとき、いつも「この点さえうまくいけば……」と説明しなくてはなりませんでした。当然のことながら、こんな条件つきのビジネスに興味を示す人は誰もいませんでした。

そこで、私たちは、簡単に実現できそうな「メール決済機能」にしぼって、プレゼンすることにしました。私たちが起業したいのはメール決済サービスを提供する会社です、と。すると、誰もが興味を示しはじめました。

この話から分かるように、周りの人からフィードバックをもらうというのは、とても大切なことです。出来る限り、「クローズド・ループ」*の上に自分を置くようにしましょう。

＊　フィードバックをとりながら補正を加える回路。

「メール決済」にしぼってサービスを開始すると、すべてがうまくまわり始めました。もし、人からの助言に耳を傾けなかったら、多分、ペイパルは成功していなかったでしょう。大切なのは、周りの人が興味を持つようなビジネスの種を見つけることです。見つけたらそれに一点集中してください。ビジネスモデルが間違っていると思ったら、迷わず修正してください

人類の未来に最も貢献できることを事業にしよう

ペイパルが軌道にのると、次にどんな事業を立ち上げたらいいだろうかと考えました。そこで「人類の未来に最も大きく影響しそうな問題は何だろうか」と自分に問いかけてみました。

皆さんが会社を起業するとき、「最もお金が儲かりそうな事業は何だろう?」と利益を基準にビジネスを選んでも間違いではありません。でも私はお金を第一に考えませんでした。そのかわりに「人類の未来に最も貢献できそうな事業は何だろう?」と考えて、そこからビジネスを発想していったのです。

そこで、まずひとつめの事業として思いついたのが、エネルギー問題を解決するためのビジネスです。現在、地球が抱える最大の問題は、持続可能なエネルギーをどう確保するかです。エネルギー問題を今世紀中に解決出来なければ、人類は非常に困難な状況

に陥ります。継続的にエネルギーを製造し、消費するにはどうしたらいいか、その方向性を示せるような事業をやりたいと思いました。

もうひとつ、挑戦したいと思ったのは、人類が地球外に居住地を確保するのに貢献するビジネスです。将来、人類が複数の惑星で居住できるようにするために、私たちは今、何をやるべきかと考えました。

前者のアイデアが基となって、テスラモーターズとソーラーシティが生まれ、後者のアイデアからは、スペースXが生まれました。

核抜きロケットをロシアで買う

宇宙ビジネスをはじめようと思ったとき、私一人の力でロケットを開発するのは無理だということは分かっていました。さすがの私もそこまでクレイジーではなかったのです。

そのかわりに、「NASAの予算を増やすにはどういうビジネスをはじめたらいいだろうか」と考えました。まずはNASAが興味をもつようなビジネスを提案することを現実的な目標にしました。

その手始めとして私は、「火星オアシス・ミッション」を思いつきました。小さな温室を丸ごと火星に送る、という計画です。温室には乾燥した栄養ゲルが入っていて、着陸すると水和される仕組みです。火星で植物を育てて、オアシスをつくる。これならそんなにコストもかかりません。

「真っ赤な火星をバックに青々と茂る植物」。こんな写真が見られたら素敵だと思いませんか。

「火星オアシス・ミッション」は世間から好意的に受け止められるはずだと確信していました。これが実現すれば、火星に初めて「生物」が上陸することになります。私たちの知る限りでは、地球から最も遠くまで旅をした「生物」となるのです。こんな壮大な計画を知れば、世論が味方してくれて、きっとＮＡＳＡの予算も増えるに違いないと、想定していたのです。

ところが、よくよく考えてみると、このプロジェクトを実現したところで、財務成果はゼロ。これではダメだと考え、もう少し良いアイデアを探すことにしました。

そこで、私は、ロシアを訪問することにしました。ＩＣＢＭ（大陸間弾道ミサイル）の中古再生品を購入できないかと思ったのです。それが当時、私たちが買える中では、最も値段の安いロケットでした。ＩＣＢＭを買いに、ロシアを合計3回も訪れました。

今から10年ぐらい前の話です。２００１年、２００２年に、ロシア戦略ロケット軍までロケットを買いにいくというのは、何とも奇妙な体験でした。

「おたくの軍が所有するロケットの中で、一番大きいロケットを2基ほど、購入させてください。でも核はいりませんから、抜いておいていただけるとありがたいです」

と商談しにいったのですから。ロシアの人たちは、きっと私のことをクレイジーな人だと思ったに違いありません。まあ、それでも追い返されることはありませんでした。ロケットを買うだけの資金はありましたので……。

ロシアを何度も訪れるのと並行して、宇宙ビジネスのニーズについて調査してみると、自分は間違った思い込みをしていたという結論に至りました。「世の中には、『地球外を探検したい』『地球外に居住地を拡大したい』『火星に基地をつくりたい』なんて本気で考える人は少ないのではないか」と考えていたのです。ところがそれは誤った偏見でした。

実際、宇宙ビジネスをはじめてみると、「地球外に行ってみたい」と思っている人がたくさんいることに気づきました。特にアメリカでは、私たちの考えに賛同する人に多く出会いました。アメリカは、いわば世界中から「冒険者」が集まってできた国です。いわば「冒険家精神」が結集して出来た国なのですから、宇宙を探検したいという人が出てきても不思議ではありません。

ところが、どんなに素晴らしいアイデアでも、人々から、「こんなこと実現できない」「国の予算を破綻させるだけだ」と思われれば、実現できません。

3度目のロシア訪問の後、私は、まずは現実的なビジネスからはじめなくてはと思いました。そこで宇宙輸送システムの問題を解決するためのビジネスを立ち上げることにしたのです。こうしてスペースXが生まれました。

ゼロからロケットを開発する

創業前、人類が宇宙へ行くための乗り物を開発するというアイデアを、多くの人に相談しました。当然ながら、ほとんどの人から、「そんなビジネスはやめたほうがいい」と反対されました。ただ一人だけ賛同してくれた人がいて、「こんなロケットをつくればいいよ」とロケットの打ち上げビデオをたくさん見せてくれました。でもその友人が言っていたことは、その後、私がスペースXでやったこととそんなにずれていなかったのです。

私も最初は、ロケットをつくるなんて無理な話だと思っていました。そもそも、私はモノを製造したことがありませんでした。子どものころロケットのプラモデルをつくったことがあったぐらいです。モノを製造するメーカーを経営したこともありませんでした。アイデアはあってもそれを実現する方法も、適切な人材を集める方法も分かりませんでした。

それでも、ゼロからロケットを開発してみることにしました。当然のことながら、最初は失敗しました。3回打ち上げて、3回とも失敗しました。3回目に失敗したときは、もうこれ以上、ロケットを製造するのは無理ではないかとさえ思いました。

ロケットというものは、規格基準を100%満たしていても、打ち上げてみるまでうまく飛行できるかどうかは分かりません。本番、一発勝負です。同じ環境で事前にテスト飛行することができないからです。

ロケットの製造は、複雑なソフトウェアの一部を開発するのによく似ています。その際も、新たに開発した部分を統合させてみてソフトウェア全体が問題なく動くかどうか、事前にテストすることができません。世界中にある全てのコンピュータでテストすることなど不可能です。ということは、開発したソフトウェアには、絶対、バグがあってはいけないのです。最初にソフトウェアに統合し、コンピュータに読み込ませるときには、完璧な状態である。これが基本中の基本です。ロケット製造についても同じことがいえます。私たちはそこのポイントを押さえていなかったのです。

1回目の打ち上げは失敗でした。射場近くには粉々になったロケットの破片が飛び散りました。私たちはただ残骸を拾い集めるのみでした。それでも、失敗するごとに、改良を進め、2008年、4回目の挑戦でようやく打ち上げに成功することができました。「ファルコン1」が地球の周回軌道に到達することができたのです。これで失敗したら、次に挑戦する資金は残っていないという状況でした。「4度目の正直」とはよく言いますが、成功して、本当によかったです!

ファルコン1が何とか軌道に到達したので、次は、もっと打ち上げ能力の高い大型ロケットを開発しようと思いました。その結果、完成したのが「ファルコン9」です。その総離陸推力は、ファルコン1の10倍以上。およそ100万ポンドです。ファルコン9も、無事軌道に到達することができました。

次に、開発したのが、無人補給船「ドラゴン」です。ドラゴンは、つい最近、国際宇宙ステーションとのドッキングに成功し、地球に戻ってきたばかりです。これもかなり冷や汗もののプロジェクトで、今でも、成功したのが信じられないくらいです。無事、戻ってきて安心しました。

地球が滅亡したときに備えたい

将来、人類が地球外の宇宙に文明を築くために、私たちにはやらなくてはならないことがたくさんあります。最終的に人類は複数の惑星に居住する生物をめざすべきだと私は考えています。これは、人類の未来にとって非常に重要なミッションです。皆さんの中に、スペースXやその他の企業で、私たちのプロジェクトに協力してくれる人がいればうれしいです。これは、人類の意識を保存し、存続していくために、非常に大切な計画だからです。

地球が誕生して46億年が経ちます。その中で文明が誕生したのは、せいぜい1万年ほど前です。多めに見積もっても1万年です。文明や意識など、長い地球の歴史から見れば、取るに足らない存在なのです。この自明の事実に、もっと注目すべきだと思います。

地球の未来について、私はかなり楽観的な見通しを持っています。皆さんには「人類は将来滅亡する」というような間違った考えを持ってほしくありません。これからも、かなり長い期間、地球は存続できるでしょう。ただし、「絶対に」とは言いきれません。「多分、大丈夫だろう」ということです。

仮に99％ＯＫでも、滅亡する恐れが1％でもあるのであれば、その1％が起きたときのために、最大限に備えておくということが必要です。

もしよかったら、地球のバックアップとして、地球外にある別の生物圏や惑星を確保しておきませんか？（笑）。私はこの計画を人類にとって、とても大切な計画だと信じています。

人類が地球外に居住するために、私たちがまずやらなくてはならないのが、宇宙へ行くための乗り物の開発です。たとえば火星へ行くためには、高速宇宙船が必要です。しかもそれは完全に再利用可能でなければなりません。これはまさに不可能と可能のボーダーラインにあるようなプロジェクトです。でも、これこそ、まさにスペースＸで挑戦しようとしていることなのです。

スピードが出て、かっこいい電気自動車

テスラモーターズでは、電気自動車の可能性を追求したいと考えています。こんな電気自動車もあるのだ、ということを人々に直接示したいのです。たいていの人たちは「電気自動車なんてゴルフカートみたいなものでしょう。スピードもあまり出なくて、

デザインもださくて、短い距離しか走れない」と思っています。私はこの誤ったイメージを変えたいのです。そこでまず開発したのが、テスラ「ロードスター」です。スピードが出て、かっこよくて、長距離を走れる電気自動車だってあることを、現物をつくって証明しようと思いました。

「理論上、計算上、この事業は必ずうまくいきますよ」

といくら紙で示しても、現物の威力にはかないません。実際に運転してもらえば、「想像もつかないので、投資判断に困る」というようなことにはならないのです。皆さんも会社を創業したら、最初にやるべきことは、「試作品」をつくることだということを覚えておいてください。

プレゼンテーション資料には、いくらでも美辞麗句を並べられます。パワーポイント上でならどんな計画だって実現可能です。でももし、デモンストレーションできる試作品があれば、それに勝るものはありません。起業するときには、仮に未完成な状態であっても、必ず、現物の試作品を用意しましょう。投資家を説得するのに、紙の資料なんかよりも、何倍もの効果があります。

テスラ「ロードスター」の完成後、テスラ「モデルS」の開発を進めました。今度は4ドアセダンです。ロードスターを発表したとき、たくさんの人から、

「そういう電気自動車なら誰でもつくれるよね。値段は高いし、少量生産。でも普通の人が買えるような車はつくれないの？」

と言われたからです。

「分かりました、それなら、そういう車もつくってみせましょう」

と開発したのが「モデルＳ」です。これもまもなく販売される予定です。

ここまでが、現在の私に至るまでのストーリーです。皆さんにとって何かお役に立てるような話であったなら幸いです。

今日、私が一番伝えたかったこと。それは、「皆さんこそが、21世紀の魔術師である」ということです。人間の想像力には限界があります。世界に飛び出していってください。ともに魔法を現実にしていきましょう。ありがとうございました。

Salman Khan
サルマン・カーン
（カーンアカデミー創設者）

思考実験としての輪廻転生

50年後、人生を振り返ったときに後悔のないよう。
ジーニー（ランプの魔人）に2度目の人生を
与えられたのだと思って、毎日を生きてください。

Salman Khan

1976年、ルイジアナ州生まれ。父はバングラデッシュ、母はインドからの移民。マサチューセッツ工科大学へ進学し、数学、電気工学、コンピュータサイエンスの学位を取得。ハーバード大学経営大学院にてMBA取得。オラクル、ヘッジファンドなどを経て、2006年、無料教育サイトのNPOカーンアカデミーを立ち上げる。遠方に住む12歳のいとこに、Yahoo Doodleと電話を使って数学を教えたところ、他のいとこからも依頼が殺到。教育動画を制作し、YouTubeにアップした経験からヒントを得た。「質の高い教育を無償で世界に提供する」べく、数学、歴史、経済、宇宙工学、美術など大量の動画がオンラインに並ぶ。世界中で1000万人以上が学習。

2012年6月8日

マサチューセッツ工科大学

カーンアカデミーは、オンラインで無料教育サービスを提供するNPO。世界の教育格差の是正にも貢献している。創設者であるサルマン・カーンは、母校のMIT（マサチューセッツ工科大学）のスピーチにて、アジア系らしく輪廻転生にも言及。

MITの卒業式で講演させていただけるなんて夢のようです。本当に光栄に思います。その理由は山ほどあります。ご紹介いただいたとおり、MITで学んだことは、私の人生に大きな影響を与えました。皆さんが想像している以上に、私にとってMITは特別な存在なのです。

1990年代後半にインターネットが普及し始めたころ、オンライン教育の可能性について、様々な議論が巻き起こりました。

「オンライン教育をビジネスにすべきだ」という主張と、「教育でお金を儲けるべきではないという主張」。有料でやるべきか、無料でやるべきか。この二つに意見が大きく分かれたのです。このときのことを覚えている方もいるでしょう。

教育機関の中には、明確に有料化反対の方針を示した学校もあれば、とりあえず今後どっちの方向へ行くのか見届けようと、様子見を決めこむ学校もありました。こうしたオンライン教育をめぐる議論は今も続いています。

教育はビジネスより崇高なもの

オンライン教育をめぐる混沌とした状況が続く中、2001年、MITが突如、この分野に参入することを発表しました。世界に先駆けて「オープンコースウェア」（Open Course Ware=OCW）サイトを立ち上げることにしたのです。MITは、OCWサイトを通じて、それまで一流の教育機関の中だけで教えられていた知識やコンテンツを、無料で世界に開放することにしました。

MITは「オンライン教育をビジネスにするべきだ」と主張する人たちに対して、一つの回答を示しました。「教育にはお金を儲けるよりももっと崇高な目的がある。もし世界の人々に無制限に教育を与える機会があるのであれば、自らのリソースをつぎこんででも、やってみる価値は十分にある」――OCWはMITのこうした考え方を象徴するものでした。

ちょうどそのころ、私はサンフランシスコのIT企業で働いていました。MITを卒業して数年経ったところでした。当時は、その後、自分がオンライン教育に関わる仕事をすることになるとは、思ってもいませんでした。でも、このプレスリリースを読んだとき、とてつもなく興奮したことを覚えています。ＭＩＴを卒業したことをどれだけ誇りに思ったか分かりません。

その数年後、私がいとこたちのために制作して、オンライン上にアップした教育ビデオが、多くの子どもたちに視聴されることになりました。正直に言えば、このとき、様々な人たちから「これはビジネスになるよ」と言われたのも事実です。

私が働いていたのはシリコンバレー。周りの人が何でもビジネスにしたがるのは無理もないことでした。しかも当時、私はヘッジファンドで仕事をしていました。営利を追求するのは当然という環境にいたのです。

それでも、あのプレスリリースのことを読んだときの情熱を忘れたことはありませんでした。

倫理を体現してみせるＭＩＴ

その後、私はカーンアカデミーを創設することになります。その基本となったのが、オープンコースウェアの理念です。ＯＣＷは、カーン・アカデミーが目指すべき方向性を明確に示してくれました。

世界中の人たちが誰でもアクセスできる教育機関をつくりたい。利益とかビジネスとかを超越した非営利機関にしたい。私がそう思ったのは、ＯＣＷの理念に共感したからでした。ＯＣＷは、カーンアカデミーを創設するきっかけになっただけではなく、メタレベルで教育を考えることを私に教えてくれました。

今日では、多くの大学や教育機関が、学生に倫理や道徳を学ぶことの重要性を訴えています。ことあるごとに「倫理や道徳の授業を受けなさい、関連書籍を読みなさい」と指導しているのです。ところが、ＭＩＴは、倫理とは何かを教えるだけではなく、「人のためになるとはこういうことだ」と具体例をつくって学生に見せてくれたのです。

ＭＩＴは、利益よりも理念を優先させる考え方を今も貫いています。ＯＣＷ、ＭＩＴＸ、ハーバードとの共同プロジェクト、edX……。ＭＩＴは無料オンライン教育の限界に挑みつづけています。その姿勢には恐れ入るばかりです。今後、数年間で、オンライン教育はどこまで進化していくのか。想像すればするほど、まるでＳＦ小説の世界に生きているような気持ちになります。

学内結婚が多いのはなぜ？

カーン・アカデミーの創設だけではありません。

ＭＩＴと私はさらに深い縁で結ばれています。

私の妻はＭＩＴの卒業生です。ＭＩＴを２００１年に卒業しました。カーン・アカデミーの代表兼ＣＯＯは、私が大学１年生のときのルームメイトです。私が住んでいたのはネクストハウス（学生寮）の３４３号です。皆さんの中にもこの部屋で暮らした人は何人かいますよね。理事会のメンバーの一人もＭＩＴ卒、彼の妻もＭＩＴ卒。これはほんの一部で、私の周りにはもっともっとＭＩＴ卒がいます。

　さらに驚くべき事実をお伝えしましょう。私が知るＭＩＴ卒の人たちの90％がＭＩＴ卒同士で結婚しているのです！

　ひとつの場所でこれだけの愛が生まれるなんて……。ＭＩＴの「インフィニット・コリドー」[*1]がどれだけロマンティックだったか、皆さんも振り返ってみるといいかもしれませんね。こんなに多くのカップルが生まれるなんて、信じられません。

　ＭＩＴでは、アメリカ国防高等研究計画局（ＤＡＲＰＡ）の最先端の交配プロジェクトが行われているのではないかと思うぐらいです。ここで何が行われているか、皆さん、本当はご存知なのでは？


　それはさておき、ＭＩＴ卒の人はなぜＭＩＴ卒の人と結婚するのか。その理由は簡単です。ＭＩＴの入学審査部門が、「突出して魅力的な人」しか入学させていないからです。……ありがとうございます。ここで拍手がくると思っていました。

　大学も大学院も、共通して同じ方針を貫いています。バイアスが強すぎるのではと思うほど、徹底しています。突出して魅力的な人が、同じように魅力的な人に惹かれるのは自然なことです。

＊1　MIT の主要ビルを結ぶ長い廊下。

魔法の城

もっと深い理由もあります。ＭＩＴの学生は、皆、万物の仕組みを解明したいという共通の情熱を持っていることです

私はこれまでＭＩＴについて話をするたびに、「ＭＩＴはこの地球上で最もホグワーツ魔法魔術学校[*2]に近い場所だ」と言ってきました。ＭＩＴの中にあるアイデア、研究、科学。これらは現存するものの中で、最も魔法に近いものだと思います。

ＭＩＴの教授陣は、私たちの時代を導く魔術師と同じ。ダンブルドア[*3]やマクゴナガル[*4]です。ホックフィールド学長は、多分マクゴナガルですね。ＭＩＴの建物の中には、秘密の抜け道やトンネルがあり、至る所に、魔法でつくったような奇妙なオブジェが飾ってある。学校には、風変わりな生物も棲息していて、そのうちの何人かは２０２０年までに、魔術についての論文を書き上げるかもしれない。これは、まさにホグワーツ魔法魔術学校の世界です。

ここキリアンコートにいると、神殿にいるような気持ちになります。周りの建物の名前をみてください。ニュートン、ダーウィン、ガリレオ、アルキメデス。皆、歴史上に名を刻んだ魔術師です。彼らの名前を見ると、私たち人間は、古代の知識や技術を脈々と受け継いできたのだと実感します。

＊２　ハリー・ポッターシリーズに登場する魔法使いになるための学校。
＊３　ハリー・ポッターシリーズに登場する魔法使い。
＊４　ハリー・ポッターシリーズに登場する魔女。

長い歴史の中では、新しい発見をした科学者が、無知な人々から中傷されたり、迫害されたりしたこともあったでしょう。もしかしたら、今でもそういうことが少なからずあるかもしれません。それでも知識や技術は輝き続け、文明を進化させる原動力となってきました。少なくとも私の中では、ずっと輝き続けていました。

安全な、学びの城

MITには世界中からあらゆるバックグラウンドの学生が集まってきます。なぜ様々な分野で突出した能力を持つ人たちが、ここで学びたいと思うのでしょうか。それは、MITが、魔法を現実にする場所だからです。

裕福な家庭で、高学歴の両親のもとで育った人。
貧しい家庭で育ち、家族の中で初めて大学に入学した人。
才能を存分に生かすことができるような環境で育った人。
差別されることを恐れて、生まれてからずっと情熱や才能を隠さなくてはならなかった人。

こうした人たちがMITで学ぼうと思ったのは、ここなら才能を伸ばせると思ったからです。

世界を探求したい。宇宙の神秘を解明したい。私たちの周りにある不思議な現象を解き明かしたい。ここで学べば、すべて実現できます。MITは人間には限りない可能性があることを教えてくれます。世界中のどの教育機関よりも、「もっと深く学べ」とプレッシャーをかけてきます。これがＭＩＴのＭＩＴたるゆえんです。もっと学べというからには、学生の学習レベルをもう一段上に引き上げる必要があります。

一段上がったところで、次は何を学ぶべきか。学生は自分の頭で考えなくてはなりません。

なぜＭＩＴから多くのカップルが生まれるのか。この話に戻ると、ＭＩＴで学んだ人たちは、共通して「万物を理解したい」「人間性を進化させたい」という強い情熱を持っているからだと思います。外見や出身地や育った環境は違っていても、同じ探究心を持っている人が集まっているのです。

正直言って、ここは楽な場所ではありません。学生にとっては厳しい環境です。その中で、ともに笑い、ともに泣き、ともにダラダラし、ともに眠れぬ夜を過ごし、ともに校内をあてもなく歩く。こうした日々を重ねれば、深い絆が生まれます。まるで同じ戦争を戦った戦友のようになります。この共有体験がどのようなものか、学外の人には理解できないかもしれません。

皆さんはこれからも、ＭＩＴの卒業生と強い絆で結ばれていくことでしょう。一緒に仕事をしたいと思うことも多々あると思います。誰かが「これは不可能だ」「これは実現するのは難しい」と言っているのが聞こえたら、その場でＭＩＴの卒業生がいないか探してみてください。見つかったら、「私たちの出番だ」と目を見合わせて、ニヤっと笑いましょう。もし相手が異性だったら、そのキラッと光る瞳に、どうしようもなく魅せられてしまうに違いありません。

ここに来ると、いつも家族のもとに帰ってきた気持ちになります。MITの卒業生は皆、深い愛と絆で結ばれています。このネットワークがどれほどの可能性をもっているか、あらためてその価値を皆さんにお伝えしたいと思います。

14年前、私がMITを卒業したとき、〝卒業生のネットワーク〟といわれても、ピンときませんでした。何だか実体のないもののようだったからです。今はその価値がよく分かります。自分のクラスメイト、先輩、後輩。彼らがどれだけのことを成し遂げてきたかを考えれば、驚き以外の何ものでもありません。

内面を強くする方法

ここからは、内面を強化して、幸せになるにはどうしたらいいかについて、私からのアドバイスをお伝えしましょう。私は皆さんの将来を案じていて、幸せになってほしいと願っています。それだけではなく、皆さんには、これからの人生で、自分の潜在能力を思いっきり発揮してほしいと思います。そのためには、どうしても内面を強くすることが必要なのです。自分の能力を最大限に生かすには、全力で仕事に取り組まなくてはなりません。仕事では必ずつらいことにも直面します。そんなときには逃げ場も必要です。

心を強くするにはどうしたらいいか。私が実践している方法を教えましょう。

これから言うことを、その通りやらなくてもいいですからね。年上のアニキかいとこが助言していると思って聞いてください。私も皆さんと同じように、不完全な人間です。つらいと思うこともたくさんあります。そんなとき、こうやればうまく切り抜けられるなと自分なりに見つけ出した方法があります

まずは、信じられないほど、前向きでいてください。前向きになれるなら、妄想の世界に浸っても構いません。

人から批判される。周りからバカにされる。こんなことがあると、エネルギーが奪われてしまい、本来の能力を発揮することができなくなります。この状況に対抗するためにはどうすればいいか。その秘策は「笑うこと」です。体の中のすべての細胞をつかって、思いっきり笑ってください。

朝起きたら、まず笑う。機嫌が悪いときも、無理して笑う。笑いは、悪い気持ちで一杯になった脳を解放してくれるのです。目、口、顔、体。全部つかって笑ってください。生きとし生けるものに、笑いかけてください。いや、生きていないものでもいい。隣の芝生は青いのではなく、私の芝生のほうが青いと思い込んでください。１％でもそうで

ないと感じたら、こっちのほうが青いのだとお告げのように自分に言い聞かせましょう。

エゴに逆らう強さを持つ

尊敬する人や愛する人と意見が対立したら、まずは自分のエゴを捨てましょう。これは簡単なことではありませんが、自我よりも、その大切な人との関係性を優先させてください。もし可能ならば、ケンカの最中、自分のプライドやエゴが「こうしろ」と言っていることと、真逆のことをやってみてください。

エゴに逆らう強さがあれば、人生は必ずうまくいきます。取り返しのつかないことを思わず言いそうになったら、一息つきましょう。報復的な文句、卑怯な言葉はぐっとこらえましょう。ただ、何も言わず、手を思いっきり広げて相手を抱きしめてください。

もし生まれ変わったら、と想定してみる

長い人生、経済的な浮き沈みも経験するでしょう。でもお金のことで過剰に感情的にならないでください。お金の損得で、喜んだり悲しんだりするのはやめましょう。皆さんにとって最も大切なのは、「自らの健康を維持すること」と「支援してくれる人たちを失わないこと」。それにくらべればお金の問題というのは些細なことなのです。

出来る限り、相手の話を熱心に聞きましょう。相手に「この人は私の話を真剣に聞いてくれる人だ」と感じてもらうことが大切です。それをうまくやる秘訣は、相手の言う

ことを適当に聞くのではなく、本気で聞くことです。

人生にはつらいことがたくさんあります。そんなときには夜空をながめましょう。宇宙はどこまで広がっているだろう、宇宙はどれほど前に誕生したのだろう、星と星の間はどれだけ離れているだろう。そんなことを想像してみましょう。Ｍクラス[*5]の惑星にいる生物が夜空をながめているかもしれませんよ。地球の長い歴史や、文明の進化の歴史がどれほど長いか、考えてみてください。自分の抱えている問題など、些細なことだと思えるようになるでしょう。

少しの時間でもいいので、森の中を散歩してみてください。自分の名前も、アイデンティティも、野心も忘れて、自分はただの動物だ、ただの哺乳類だと思って、歩いてみましょう。なぜ私はこの時代に存在するのだろうと思えば、何だか歩くのが楽しくなってくるはずです。自分の周りの森羅万象の謎を解きたい、もっと探求したいと素直に思うことでしょう。

すべての人々に心から共感しましょう。嫌いな人の気持ちも理解しましょう。これはとても難しいことです。私もそう心がけていながら、できないときも多々あります。そんなときは、魂は一度死んでもこの世に何度も生まれ変わってくると想定してみましょう。輪廻転生です。宗教として信じていなくとも、思考実験だと思ってやってみてください。私の場合、いつも、こんなふうに考えるようにしています。

＊5　「スタートレック」に登場した惑星の分類のひとつ。Ｍクラスは地球型惑星の意味。

私は死後、もう一度、この時代に戻ってくるとする。しかし、次の人生で、誰に生まれ変わるかは、分からない。今、私の周りにいる人の中の一人に生まれ変わるかもしれない。今、自分が会話している相手かもしれない。今、口論している相手かもしれない。批判している相手かもしれない。そうなれば、今度は、〝今の私〟に不満を持つ立場になる。その立場から見て、〝今の私〟はどう映るだろうか。独善的に見えないだろうか。

未来の魔術師たちへ

最後にもう一つ、私がお勧めする思考実験を紹介しましょう。これは自分のエネルギーを集中させたいときに役立ちます。

まず、自分の50年後を想像してみましょう。あなたは70代前半。キャリアも終盤です。もし具体的に想像できなかったら、こちらのご家族の席に何人かモデルがいらっしゃいます。時は２０６２年。自宅のカウチに座ってテレビを観ています。カーデシア人[*6]の大統領がホログラム映像で一般教書演説を行ったところです。

あなたは自分の人生を振り返っています。まずは成功したことを次々と思い出していきます。仕事での成功、プライベートでの成功……素晴らしい思い出の数々が蘇ります。しかしその次の瞬間には、後悔が頭をよぎります。あなたがあのときこうすればよかったと思うこと、それがどんなことか、私にも想像がつきます。

＊6　「スタートレック」に登場する架空のヒューマノイド型異星人。

もっと子どもと一緒の時間を過ごせばよかった。

パートナーにもっとたくさん、愛していると言っておけばよかった。

両親が亡くなる前に、もっと一緒の時間を過ごせばよかった。

もっとたくさん、両親にありがとうと言っておけばよかった。


そこに、ジーニー[*7]があらわれました。ジーニーは言います。

「君の後悔をずっと聞いていたよ。君は何だかいい人のようだから、もしよかったら、人生をもう一度やり直すチャンスをあげよう」

「ぜひ、お願いします」

とあなたは言う。

ジーニーが指をパチンとならす。あなたは瞬きをする。

目を開けると、今、この瞬間にあなたは戻っています。

２０１２年６月８日。ＭＩＴのキリアンコートで行われている卒業式に参列しているのです。ちょっと常識はずれな人が卒業式のスピーチをしています。

そこであなたはこう思う。

＊７　ディズニー映画「アラジン」に登場するランプの魔人。

「大変だ！　私の体が20代に戻っている！　どこも痛くないぞ！　クラスメイトたちがいる。ジーニーが本当に望みを叶えてくれたんだ。もう一度、人生をやり直せる。成功も冒険も、最初からもう一回味わえる。でも二回目なんだから、もっとうまくやろう。卒業式でクラスメイトに会ったら、思いっきり抱きしめよう。一度目にやったときよりも、もっと強く。どれだけクラスメイトのことを大切に思っているか、行動で示さなくっちゃ。亡くなった両親もいる。やっとありがとうと言える。もっと強く抱きしめよう。何回でも。何をやるにも一回目よりも全力でやろう。もっと笑おう、歌おう、踊ろう。周りの人たちを前向きな気持ちにさせることができる人になろう。もっと人にエネルギーを与えられる人になろう」

本日は、皆さんの卒業式です。ここで講演させていただき、心から光栄に思います。皆さんにどれだけの潜在能力があるか。私たちが生きる世界が今後、どこまで進化していくのか。その限りない可能性に、私はただ畏敬の念を抱くばかりです。世界をよりよくする変革を起こすのは、政治家や軍人ではありません。皆さんのようなイノベーターなのです。

私には皆さんが未来の魔術師に見えます。ジーニーが与えてくれた二度目の人生で、皆さんがどんなことをやってくれるのか、今から楽しみにしています。

本日はありがとうございました。

Tom Hanks

トム・ハンクス

（俳優）

不安ではなく、信念を育め

不安は靴のかかとに嚙みつき、歩みを遅らせる。
一方、信念は、かかとをポンと押し、創造性を刺激し
私たちの足を前に進めてくれるのです。

©Getty Images

Tom Hanks

1956年、カリフォルニア州生まれ。高校時代から舞台に立つ。カリフォルニア州立大学に入学後、シェイクスピア劇団に参加。ロン・ハワード監督に気に入られ「スプラッシュ」(1984年)に主演。軽妙なコメディ演技で注目される。差別と偏見と戦う弁護士役を演じた「フィラデルフィア」(1993年)、アメリカの歴史を織り交ぜつつ1人の男性の人生を描いた「フォレスト・ガンプ/一期一会」(1994年)で2年連続アカデミー賞主演男優賞を受賞する。「ユー・ガット・メール」(1998年)、「プライベート・ライアン」(1998年)などで主演したことから、テクノロジーや歴史に対する造詣が深い。監督業も務めるほか、最近では小説家としてもデビューした。

2011年5月22日

イェール大学

アカデミー賞を2度受賞した世界的な俳優が登壇。電子デバイスの功罪とは？　現代における陰と陽とは？　不安ビジネスとは？　アメリカの建国精神とは？　ときに自作のエピソードをまじえ、得意のジョークを飛ばしながら、ユニークな考えを披露する。


「世界は確実に終末に近づいている！」

昨夜6時ごろからずっとそう思って、そわそわしているのではありませんか？　私にはその気持ちがよく分かります。まだ終末は訪れていません。でも、近づいていないとは限りませんよ。今、イェール大学の卒業式で講演をしている私は、「ヨハネの黙示録」の四騎士[*1]の一人なのですから！

でも、まあ、聞いてください。今日は皆さんが主役の日です。だから電子機器の電源は……切らないでください！

iPhone、iPad、Sidekicks[*2]、Droid[*3]、BlackBerry の電源は入れっぱなしにしておいてください。私がこれから数分間にわたって壇上で話すことを、録画して、写真に撮って、文字にして、メールやツイッターで拡散してください。

＊1　子羊（キリスト）が7つの封印のうち最初の4つを解いたときに出現。地上の4分の1ずつを支配し、それぞれ偽りの勝利・戦争・飢饉・死をもたらす。
＊2　携帯端末。
＊3　モトローラ製の携帯端末。

ところで今日は、イェール大学のキャップをかぶってきました。簡単にはぬげませんからご心配なく。

卒業式が終わったら、他の人のツイートやフェイスブックコメントもチェックしてみましょう。自分のコメントとは、また違った視点で、印象に残ったことが書かれているかもしれません。

私の名言もちゃんと生でツイートしてください！　卒業式の現場から友人たちに向けて、どんどん実況しましょう。今、この瞬間も皆さんがここでやるべきことはいっぱいあります。

私のスピーチを録画したら、それに音楽をつけて、ちょっと変なグラフィックをつけて……そのビデオに自分も出演して、ウェブ上に投稿してみてはいかがでしょう。もし動画がすごい勢いで広まったら、あっという間に人気者になれますよ。

紙袋をかぶって遊ぶ猫とか、わけのわからないことを二人で話している双子の赤ちゃんとか、「フライデー」[*4]を歌うかわいい女の子とかと同じようにね。そうだ！　次のサム・ツイ[*5]になれるかもしれません。

人生はベルカーブ

今言ったことは、これから現代社会を生きていく若者たちのひとつの可能性でしかあ

＊4　レベッカ・ブラックのヒット曲（2011年）。
＊5　イェール大学出身。アデルはじめ有名アーティストの楽曲をカバーしたYou Tubeでブレイク。1人アカペラや1人メドレーもこなす映像での超絶技巧が話題に。

りません。

皆さんは、今日、この『すばらしい新世界』[*6]を受け継ぎました。泣いても笑っても、どうあがいても万事休す。時間切れです。限りない未来が、futureではなく、Futureが、目の前に広がっています。大きな角帽をかぶってイェール大学を卒業する皆さんの前に。

超一流の人材であるイェール大生は、選ばれた者であり、未来を担う責任者です。この国にとって、一人一人が輝かしい希望の星です。

デルタ関数とか、平方根とか、割り算とか、数学の定理とかを全部理解できる皆さんは、新しい時代を導くウィザード（達人）なのです。人類は代々、若者に未来を託してきましたが、とうとう皆さんが活躍する時代がやってきたのです。

私の友人の話をしましょう。彼には裕福な叔父さんがいて、「大学の学費はすべて負担する」と約束してくれました。「好きなだけ大学にいていいよ。卒業したら、死ぬまで毎日、毎日、働かなきゃいけないんだから」と叔父さんは言いました。

なぜ叔父さんがこんなことを言ったのか、皆さんにも理解できる日が来るでしょう。「老眼鏡をどこにおいたっけな」と思い、「いい加減、そのうるさい音楽のボリュームを下げろ！」と子どもたちに大声で言う。そんな日が必ずやってくるのですから。

毎年、春になると、卒業式の講演者が昨今の世界情勢を憂慮し、「よりよい世界になるように協力してください」と若い世代にお願いするのが通例となっています。

＊6　イギリスの作家オルダス・ハクスリーによるディストピア小説（1932年）。科学技術と資本主義が進み過ぎた26世紀ロンドンが舞台。

よりよい世界？　それはつまり、私たちが大学を卒業した時代よりも、世界情勢が悪くなっているという意味にもとれます。30年前、18年前、あるいは4年前にくらべて、地球環境は悪化しているのでしょうか。それは、私にもよく分かりません。

もちろん、良くなっているかどうかも分かりません。ノスタルジックになって、昔と今を比べるのは、やめておこうと思います。

「最近の若者は、〝ラップ〟だとか、〝ヒップホップ〟だとか、〝スヌープ・ドッグとダディ（ダディ・ヤンキー）がディディー（パフ・ダディー）の曲を歌う〟とか、〝50セント〟だか25セントだか……何が何だかよく分からん」

と言うのも、控えておきましょう。

冷静に考えれば、世界は良くなってきたともいえるし、同じぐらいの割合で悪くなってきたともいえます。一歩進んで、一歩後退する。文明の進化と後退が同じ割合で起きる。それが宇宙のバランスなのです。

人間の人生もベルカーブ（正規分布）のようになっています。喜び、安らぎがある一方で同じだけの苦しみがある。苦しみの中では、「まだ幸運が残っているはず」とささやかな希望を見出す。人生は浮き沈みの連続。こうした毎日の浮き沈みに気を取られていると、どれだけ自分が人間らしい生活を送り、幸福な人生を送っているのかを忘れがちになってしまいます。

世界における陰と陽

卒業式が終われば、皆さんは社会人となり、正式にグローバル社会に足を踏み入れることになります。その世界は、新しいようでいて、実は、マーキュリー計画[*7]の時代からほとんど変化していないのではないかと私は見ています。

10年前（2001年）、私たちはさして重要でもないことを重要だと思い込み、些末なことに時間をとられて、忙しい生活を送っていました。そんな中、2001年9月11日、アメリカ同時多発テロ事件が発生しました。

1991年、これまで世の中に存在しなかった新しいビジネス、インターネットビジネスが誕生し、IT長者がたくさん生まれました。しかし、その後、ITバブルがはじけました。

1981年、私はテレビドラマ「ボゾム・バディーズ[*8]」で主役を演じることになりました。しかし、1982年、そのドラマは打ち切りになりました。

1971年、カラーテレビが家庭に普及しました。そこに映し出されたのは、ベトナ

＊7　アメリカ初の有人宇宙飛行計画。1961〜63年まで実施。
＊8　女性と同居するために、主人公男性2人が女性になりすますという設定のコメディドラマ。

ム戦争で戦い続ける若いアメリカ人兵士の姿でした。

１９６１年、世界初の衛星生中継に成功しました。そこに映し出されたのは、ベルリンの壁を建設しているニュースでした。

こうして10年ごとに歴史を見てみると、すべての出来事に〝陰と陽〟があるのに気づきます。〝陰と陽〟。この表現は私のオリジナルなのでトム・ハンクスで商標登録しようと思います！　〝陰と陽　©トム・ハンクス〟。

卒業式を行っている今日の世界（２０１１年）にも、あらゆることに〝陰と陽〟が共存しています。

現在、誰もが電子機器を持っていて、何でも記録して永久に保存することができます。地球の反対側で起こっている革命的な出来事から、町中から聞こえてくるヘイトスピーチまで、良いことも悪いことも何でも記録に残せるのです。

現代のアメリカで、おなかをすかせたまま眠りにつく人は、ほとんどいなくなりました。その一方で、アメリカ国民の半分が肥満問題を抱えているのを知っていますか？

地元の「何とかマート」でどれだけバーゲンセールをやっていても、毎月の家賃や光熱費を払うのに苦労している人がたくさんいます。

アメリカは、過去１００年間、国内が戦場になったことはないし、イデオロギー上の戦争が起こったこともほとんどありません。しかし第3千年紀（西暦２００１～３０００年）に入り、今日で11年半ぐらい経ちますが、そのうちの9年間、米軍は外国の戦場で戦いつづけています。

今は、好きなアーティストの作品など、知的財産を手に入れようと思えば、マウスでクリックするだけで簡単に買えてしまいます。しかも値段は数ドル。このことは何を意味するのでしょう？　ユーザーはうれしいけれど、クリエイティブな仕事を選んだ人は、生計を立てられなくなるかもしれないということです。

ひとりひとりがビッグ・ブラザーに

この時代特有の利点を否定するわけではありません。今の私たちには常にやることがあって、退屈とは無縁。それはそれで良いこともあります。しかしその一方で、テクノロジーは、私たちの生活を〝永遠に落ち着かないもの〟にしたと思いませんか？

バスルームでも、ダイニングルームでも、車の後部座席でもホッとできない。結婚式でも、割礼式でも、卒業式でも、目の前のことに集中できない。情報をチェックして、ツイートして、視聴して、ダウンロードして、再生して、シェアして、物を買って、留守番電話を聞いて……。どんどん集中力が奪われていく。何もかもが、手のひらの上で完結する。しかも月額使用料はそんなに高くないから、ますます使うようになる。

同じようにテクノロジーは、あふれるほどの有名人（セレブ）を生み出しました。今は、とくに優れた能力がなくたって、有名になれるのです。サム・ツイは最高にかっこいいですけれどね。そこまでいかなくとも、誰でも有名人の特典を味わうことができます。アンディ・ウォーホルは「将来、だれでも15分で世界的な有名人になれるだろう」と言いましたが、まさにそんな時代なのです。カメラで自分の映像を撮影して投稿しつづければ、15分、いや、最長15ヶ月ぐらいは有名でいられることでしょう。

時として国家が、ジョージ・オーウェルが言うところの〝ニュースピーク〟[*9]に似た言葉を使うことはあっても、現代社会に独裁者はいませんよね。ジョージ・オーウェルが描いた全能の独裁者（ビッグ・ブラザー）は、いまだこの世に出現していません。北朝鮮に住んでいたら話は別ですけれどね。

ビバリーヒルズで赤信号を無視して歩道を渡る。オンラインでついついショッピングをしてしまう。最悪のタイミングで最悪の場所でバカなことをやってしまって、それを誰かの携帯やカメラで撮られて拡散されてしまう。こうした行動を決めるのは国の独裁的な指導者でしょうか。皆さん自身です。

大学時代に習ったたないラテン語で言うならば、Vulgus Populi（大衆）が全能者になったのです。今は誰でもグーグルで検索すれば、限りないほどの情報量が表示され、

＊9　newspeak。未来小説『1984年』で独裁政治国家が国民の思考や語彙を制限するためにつくった独自の言語。

何でも知ることができます。全能の独裁者、ビッグ・ブラザーは、架空の悪役キャラクターではありません。ビッグ・ブラザーは私たち自身なのです。検索エンジンの情報を提供しているのは、私たちだからです。

このように世の中の出来事のプラスマイナスを何回計算しても、結果は差し引きゼロとなります。良いこともあれば悪いこともある。XイコールY。私たちは、不安と同じ数だけ希望を持つ。

そうは言っても、この世界で今、本当に不安と希望が同じぐらいあるかは、ちょっと自信がありません。なぜなら、不安が希望よりも人間を動かす大きな力となっていると感じているからです。

不安が利益を生む

壇上にいる私たち、参列しているご家族の方々は、若い皆さんにこう期待しているのです。「若者の労働力によって経済がよくなり、私たち世代の不安を取り除いてくれないかな」と。実際、私たちの世代の将来の不安材料は増えるばかり。これなら、セックスと同じように、〝不安〟をあおって商売をすることもできそうです。

不安は、原価もないので安いし、商品化も簡単。人間は不安には弱い。不安をあおれば、ゴシップと同じように、ものすごい勢いで広まります。不安は、簡単に宣伝ができて、利益率の高い商品なのです。

不安にかられれば、事実をフィクションだと思いたくなります。本当にフィクションなのか、ただ事実を知らないだけなのか、自分でも見分けがつかなくなる。不安は〝利益を生む商品〟として市場に出される。そのターゲットは皆さんの家族全員です。

先日、自宅のテレビでスポーツ中継を見ていたら、夜のローカルニュースの番宣が流れました。

「今夜のニュースは……〝私たちの学校は子どもたちを食中毒にしようとしているのか？〟という注目のリポート。そして、〝この夏、セクシーなビキニが大流行か？〟をお伝えします。放送はこのあと夜11時から！」

私にはちょうど小学生の子どもがいます。夏場までまだ数週間あるとはいうものの、子どもたちが学校で食中毒にならないかどうか、とても心配になりました。そこでこのニュースを見てみたところ、実際に放送されたのはこんな内容でした。

「ある業者が製造したハンバーガーから、規定量を超えるバクテリアが見つかりました。そこで、安全のために市場から回収することにしました。同じ製造元のハンバーガーが、州外の学校のカフェテリアに納入される予定でしたが、事前に回収することができました」

つまり、先ほどの番宣の2つの質問に答えるならば、「ノー、私たちの学校は子どもたちを食中毒にしようとしていません」「イエス！　今年の夏、ビーチではセクシーなビキニが見られるでしょう」。

不安は靴のかかとに噛みつき、歩みを遅らせる

アメリカ独立戦争時、大陸海軍の軍人、ジョン・ポール・ジョーンズはこう言いました。

「不安を増幅すれば、不安はますます強くなる。信念を強くすれば、信念は自分のものになる」

私が大の歴史ファンなのは、こういう名言に出会えるからです。

同じく200年以上も昔に大陸軍側の軍人として諜報活動をおこなった同胞、ネイサン・ヘイルのことをご存知でしょうか。ヘイルは、イェール大学に通い、ちょうどこの近くの建物に住んでいました。彼の言葉は、2011年のアメリカ合衆国にもあてはまるものです。

「不安は、大規模に広がるものだ。人を落ち込ませる不安は、永遠になくならない。一方、信念は、私たち誰もが心の中に持っているものだ。それはつまり、アメリカ合衆国の民族自決の精神だ」

不安は、外からやってくるもの。不安を駆り立てる言葉は耳元でささやかれる。不安になることは面と向かって言われる。信念は、自分の内部で培っていくもの。男女問わず、鏡に映っている「あなた」の中にあるものです。

不安は、靴のかかとに噛みつき、歩みを遅らせる。一方、信念は、私たちが歩き出せるように、ブーツのかかとをポンと押してくれる。創造性を刺激し、さらに私たちの足を前に進めてくれる。不安と信念。どちらが私たちを支配するでしょうか?

賢者と三人の男たち

不安に襲われた男たちの物語をご紹介しましょう。

三人の男がいました。三人とも強い不安を抱え、不眠に悩まされていました。心配ばかりしているせいで、彼らの人生はずっと停滞したままでした。

そこで、三人は思いきって聖地巡礼に出かけることにしました。不安を解消してくれる賢者に会うためです。賢者が住んでいるのは、樹木限界ラインよりも標高が高い山の上。植物は育たず、動物もいません。あまりに空気がうすいので、虫さえもいませんでした。

三人は、賢者の住む洞窟にたどりつきました。すると一人目の巡礼者がこう聞きました。

「お助けください。賢者よ。不安のせいで、私の人生はめちゃめちゃです」

「友よ、そなたは何を恐れているのか?」

「私は、死ぬことが怖いのです。いつ死がやってくるのかと思うと、怖くて、怖くて……」

と男は言いました。賢者はこう助言しました。

「死を恐れているのだな。それではそなたのために不安を取り除いてあげよう。死は、そなたが死を受け入れる準備ができるまで、やってこないものなのだ。それが分かれば、不安に思うこともなくなるだろう」

一人目の男は、賢者の言葉を聞いて安心しました。これでもう死を恐れなくてもいいと思いました。

次に賢者は、二人目の巡礼者に向かって、こう聞きました。

「友よ、そなたは何を恐れているのか？」

「私は、隣に引っ越してきた一家が怖いのです。全然知らない人たちだし、我が家とは信仰する宗教も違う。おまけに隣の家は子だくさんで、いつも騒音のような音楽をかけています」

と二人目の男は言いました。

すると賢者は答えました。

「見知らぬ隣人を恐れているのだな。友よ、それではそなたのために不安を取り除いてあげよう。自宅に帰ったら、その隣人のためにケーキを焼きなさい。そして子どもたちにおもちゃをプレゼントしてあげなさい。一緒に歌を歌い、隣人の宗教や生活スタイルを理解しなさい。そうすれば彼らとも仲良くなり、そなたの不安はなくなるだろう」

二人目の男は、このシンプルな助言を聞くと、もっともだと納得し、これでもう隣人一家を怖がることはないと思いました。


植物も動物も生きられないような高い高い山の上。

そこにある洞窟の中で、賢者は三人目の巡礼者に向かって、何を恐れているのかを尋ねました。三人目の男はこう答えました。

「賢者よ。私はクモが怖いのです。夜、眠ろうとしても、寝ている間に天井からクモが降りてきて、私の体をはいまわりやしないかと想像してしまいます。だから寝られないのです」

すると賢者は言いました。

「クモが怖いのか。それはどうしようもできない。何のために私がこんな高いところに住んでいると思うのかね？」


この話が伝えているように、どんな人でも不安には打ち勝てません。だから影響力を行使したい権力者は、それを利用しようとします。

アメリカ国民は、建国以来、「より完全な連邦を形成し、正義を樹立し、国内の静穏を保障[*10]」しようと、絶えず努力してきました。国境の外からもたらされる恐怖や、私た

＊10　アメリカ合衆国憲法前文の一部。

ちの心の中から生まれる恐怖。そういった恐怖に打ち勝とうと、日々、戦ってきたのです。建国時には、海の向こうの大英帝国から反逆罪に問われるかもしれない恐れもありました。

アメリカが、今日のような多様性に富んだ強国に成長したのはなぜでしょうか。それは、この国が、安心して生活できる環境を人々に提供したからです。「アメリカに行けば、故国で毎日感じていた不安を感じなくてすむ」と思ったから、多くの人々が移民してきたのです。

歴史書を読めば、アメリカが、人々を恐怖から自由にするためにどれだけ戦ってきたかが分かります。この国で奴隷にされてしまった人々。恐怖政治を敷く暴君や宗教的指導者の元で生きざるを得なかった人々。これらすべての国民を思いやり、不安から解放しようとしてきました。

アメリカの大義とは何か。それは、アメリカ国民としての信念を全うすることです。アメリカ合衆国の憲法では、信仰の自由、言論の自由、居住の自由が認められています。こうした自由があって初めて、私たちは皆、平穏に暮らすことができると、憲法では定められているのです。

不安を選ぶか、信念を選ぶか

しかし現代社会では、あまりにも多くの人々がありもしない話を信じようとします。

世の中は陰謀だらけです。人と人との間に壁が築かれつつあります。多様な国民性を悪い方に利用しようとする人もいます。

違うバックグラウンドを持つ人々を一つに団結させて強い国をつくるはずが、互いに対立させようとする策略さえ見られます。私たちの信念は、時として予測のつかない摂理によって試され、特定の利益を追求する人たちによって、脅かされます。

私が生きてきた54年間の経験から言えば、「より完全な連邦」をつくろうとする努力に終わりはありません。これは私たち全国民がやるべきことです。アメリカがよい国になってきたと思う証は至る所に見られます。それでも、ニュージャージー出身の詩人、ブルース・スプリングスティーンが歌ったように、新しい一日を迎えるごとに、不安が「町外れの暗闇の中をかけめぐる」のです。

皆さんも朝、不安な気持ちでベッドから起き上がることもあるでしょう。でもそういうときは自分が強くなるチャンスだと思ってください。一日のはじまりは、新たな信念が生まれて、花開くチャンスでもあるのです。不安に気をとられるか、信念を育むか。これは皆さんが選択することです。しかし、皆さんはイェール大学で学んだ優秀な人たちです。その瞬間がきたら、どちらを選ぶべきか分かるでしょう。

戦いの傷を癒す

ここからはしばらく戦地に駐留している兵士たちに思いを馳せてみましょう。彼らは戦場で終わりのない恐怖と戦ってきました。恐怖を感じない時間などなかったでしょう。ご存知のとおり、イラクやアフガニスタンに駐留している兵士たちは、これから何ヶ月後、あるいは、何年後かには、帰国して退役することになります。何度も駐留した後にやっと退役できるという人もいるでしょう。

人生の多くの時間を戦地で過ごした兵士たち。その心と体はボロボロになっています。アメリカから遠く離れた戦闘領域で長く過ごせば、人間が変わってしまいます。帰国時には、戦地に赴いたときの自分とは別人のようになってしまうのです。明日、何が起こるか分からない。そんな不安の中で毎日を過ごせば、元々持っていた信念は影を潜めてしまうでしょう。

イラクやアフガニスタンでの戦争についてどう思うかは別として、恐怖と戦ってきた兵士たちのことを忘れないでください。今、この瞬間から、皆さんの力でこの国の未来を変えていきましょう。

世界には解決すべき問題がたくさんあります。歴史の新しいページに文字を刻んでいくのは皆さんです。退役軍人の方々に信念を取り戻してもらいましょう。ゆっくり休んでもらいましょう。彼らの心と体が完全に回復するまで、支援しましょう。

これからは、国民が退役軍人のために尽くす番です。彼らが軍の命令に従って、戦地に駐留したのは、アメリカ国民のためです。米軍が戦地で戦っている間、私たちは何をしていたでしょうか。テレビで戦争の様子を見ながら、派遣の是非について論争していただけでしたね。

兵士たちがどれだけ大変な人生を送ってきたのか、私たちには、全部は理解できないかもしれません。それでも、退役した彼らが、不安から解放されるような場所を用意することはできます。学びたいというのなら、教育を受ける機会を提供しましょう。軍人から普通の市民に戻れるように積極的に彼らを雇用しましょう。国全体で彼らの新しい門出を応援しましょう。

アメリカ人のアイデンティティとは何か。それは彼らのためにパレードを行い、帰還祝賀会を開くことではありません。兵士が国に尽くした時間だけ、兵士に尽くすことなのです。

たとえばイェール大学で学んだ4年間と同じだけの時間を、退役軍人のために使ってみませんか。皆さんも、自分から行動してみませんか。帰国後、彼らには、新たな不安が待ち受けていますし、得体の知れない恐怖におそわれることもあります。そうならないような環境を整えてあげるのです。失った信念を取り戻す手助けをしてあげれば、あとは何とかなるはずです。

きょうは卒業式です。これから社会人としてのキャリアがスタートします。卒業後、いつも楽しい仕事ができるとは限りません。こんな仕事はいやだと思うこともあります。

次から次へとやってくる雑用に追われることにもなるでしょう。

それでも、皆さんはこれから毎日死ぬまで働かなくてはなりません。それが現実なのです。人間として、アメリカ人として、イェール大学の卒業生として、人生を歩んでいく皆さん。その今後の仕事とキャリアは、不安を選ぶか、信念を選ぶかにかかっています。

皆さんの後ろには不安が、前には信念があります。皆さんはどちら側に引き寄せられますか？　どっちに進みたいですか？

前に、どんどん前に進んでください。

前に進んだらどうなったか？　その結果を写真にとって、ツイートしてください……そうすれば、きっと、サム・ツイのように有名になることでしょう。ご卒業おめでとうございます。

Meryl Streep

メリル・ストリープ

（俳優）

演技する理由

演技に目覚めたのは6歳のとき。その威力を実感したの。
以来、かわいい女の子から、「プラダを着た悪魔」の
鬼編集長まで、たくさんの女性になりきってきた。

©Getty Images

Meryl Streep

1949年、ニュージャージー州生まれ。ヴァッサーカレッジを終了後、イェール大学演劇大学院へ。卒業後、舞台女優として注目を浴びる。1977年「ジュリア」で映画デビュー。「ディア・ハンター」(1978年)でアカデミー賞助演女優賞にノミネートされる。「クレイマー、クレイマー」(1979年)の自立を求めて離婚裁判を争う妻役でアカデミー賞助演女優賞、悲痛な過去を持つユダヤ人女性を演じた「ソフィーの選択」(1982年)で同主演女優賞を受賞。「マーガレット・サッチャー　鉄の女の涙」(2011年)で再び同主演女優賞を受賞。他の出演作に「シルクウッド」(1983年)、「愛と哀しみの果て」(1985年)など。最新作はディズニー映画「イントゥ・ザ・ウッズ」(2014年)。

2010年5月17日

バーナード大学

アカデミー賞を3度受賞した大御所。生まれて初めて演技をした瞬間から、「ディア・ハンター」のリンダ、「プラダを着た悪魔」の鬼編集長まで、過去に演じた女性像を振り返り読み解いた。女性はいつでも演技をしている、という彼女。その真意とは。

もし、あなたがとてもとても運に恵まれて、超ハードに働いて、誰にどんなお礼状を書いたかを覚えていて、頼まれた仕事を全部やりとげて、なぜか問題が起きる前に予測ができて、どういうわけか災難を避けられて、その結果、大成功したとしたら？

もし、あなたがＬＳＡＴ[*1]や何とかＳＡＴ[*2]で高得点をあげて、第一志望の大学院に入学して、インターンとして働いて、そのままインターン先に就職して、リーダーシップを発揮できて、給料をたくさんもらえるような最高の仕事に就けたとしたら？

もし、あなたが低予算でドキュメンタリー映画を制作して、サンダンス映画祭に出品して、賞を獲って、その映画が、アカデミー賞にノミネートされて、アカデミー賞を受

＊1　Law School Admission Test　米国法科大学院適性試験。
＊2　Scholastic Assessment Test　米国大学進学適性試験。

賞したら？

もし、あなたが友人と商業ウェブサイトをつくって、それが突然、投資家や広告スポンサーの目にとまり、何かを売ったり、ブログを書いたり、シェアをしたり、ネット放送したりするうちに人気サイトになって、成功が、ずっと望んでいたけれど予測もしていなかったような成功が……キラキラ輝きながら、やってきたら？

皆さんだって、親しい知人から「私の大学の卒業式で講演をやってくれる？」と頼まれたら、絶対にこう快諾するでしょう。

「もちろんいいわよ！　いつ？　２０１０年5月？　２０１０年？　大丈夫……まだ何ヶ月もあるものね！」

でも、そこから悪夢にうなされることになる。だれもが学生時代に見た、あの〝宿題をやっていなくて困っている夢〟に。皆さんが、卒業後40年経っても、きっと見ることになる、あの悪夢に。

締め切りの1週間前になると大変。夜中にはっと目が覚めて、途方にくれる。

「ああ、レポートを書かなくちゃいけないのに、資料も読んでいない！　どうしよう？」

もし、あなたが、気まぐれな妖精の助けで成功したとしたら、周りの人は、こう思っているはず。「この人は何か特別な成功の秘訣を知っているに違いない」。あなたには当然、世の中を啓発して成功の秘訣を広める義務がある。若者の心を豊かにしてあげなさい、まだ誰にも知られていないけれど、あなただけが知っている成功の秘密を明かしなさい、とね。

次に、あなたは自己分析をはじめることになる。自分の内側をのぞきこむ人もいれば、心の奥へとつながるドアをそっとあける人もいるでしょう。けれども一旦ドアをあけてみると、目に入ってくるのは、蜘蛛の巣、暗闇、切れた電球、そしていやに湿っぽい冷蔵庫。冷蔵庫の中はテイクアウトのお惣菜ばかり。猛烈に忙しくて、吟味されていない人生を象徴するかのように……。

ところで、私の友人で作家のアナ・クィンドレン[*3]はどこかしら？　そろそろプロの作家にスピーチの続きを助けてほしい気分。でも今日は、いないわ。きっと本の宣伝ツアーで忙しいのね。

プロを演じるプロが俳優

２０１０年度にご卒業される皆さん！　あらためまして、こんにちは。メリル・ストリープです。

＊3　母娘関係を描いたアナ・クィンドレンの小説「ONE TRUE THING」は「母の眠り」の題名で映画化され（1998年）、メリル・ストリープが主演した。

これからの人生で成功していくためのヒントと、励ましの言葉を伝える役目を仰せつかり、身に余る光栄を感じています。

ところで、バーナード大学のデボラ・スパー学長。私でいいのでしょうか？ 卓越した業績を残されて名誉メダルを授与された方々、尊敬する大学運営委員会の方々、優秀な教授陣と学生のご家族の方々……。私より先にここで講演するべき人は３８００人ぐらいいるのではないかと思います。この方々は、実際に何かを成し遂げ、創造してきた人たちですから。


ご存知のとおり、私は、人に虚構を信じてもらう「俳優」という職業で成功してきました。何かをやってきたわけではなく、何かをやる〝ふり〟をしてきた人間です。だから、卒業生のご家族が私をロールモデルとしてふさわしいと思ってくれるか、今ひとつ自信がありません。

俳優は、様々な分野のプロを演じるプロです。私もこのスピーチでは語りきれないほど、いろいろな分野の専門家を演じてきました。

舞台や映画でキスをすることもプロの仕事の一つです。昔からずっと仕事としてキスをし続けてきました。どこで練習したかって？ 当時通っていたニュージャージー郊外の高校が多かったかしらね。高校の校舎の裏といったほうが正しいかもしれません。

それに俳優という商売は、たくさんの種類のキスをしなくてはならないのです。エアキス（キスをするふりをする）、アスキス（おべっかをつかう）、キスアップ（こびへつらう）。もちろん本物のキスもね。娼婦と同じように、嫌いな人とでも、知らない人とでもキスをしなくてはなりません。

信じられないかもしれませんが、時には同性ともキスをします。特に私たちの世代がやると、とてもぎこちなくなりますけれど。

他にも様々な専門家になりきってきました。

急流下りをする人（「激流」[*4]）、放射能汚染の被害を受けた人（「シルクウッド」[*5]）、どのバッグにどの靴を合わせるべきかを知っている人（「プラダを着た悪魔」[*6]）、コーヒープランテーションで働く人（「愛と哀しみの果て」[*7]）。ポーランド人、ドイツ人、フランス人、イタリア人。映画「マディソン郡の橋」[*8]はアイオワに住むイタリア人だったわね。

アイルランド訛りで話す人、ニューヨークのブロンクス訛りで話す人、アラム語を話す人、イディッシュ語を話す人。アイルランドのクロッグダンスをして、料理をして、歌って、馬に乗って、編み物をして、バイオリンを弾いて、偶然出会ったエロチックな女性を装う。これらは私が演じてきた役柄の一部ですが、とにかく上手く誰かになりきることによって、成功してきたのです。まあ、たまに失敗したこともありますが。

＊4　1994年。強盗殺人犯に脅される母親役。子どもを守るために激流下りを迫られるサスペンス映画。

＊5　1983年。勤務先のプルトニウム工場で汚染に遭い、不正に気づき告発しようと戦う女性役。実話を下敷きにした社会派映画。

女性は生きるために演じる

私と同じように、ここにいるほとんどの女性には、〝誰かを演じた〟経験があるでしょう。ここは女子大で、卒業生に男性がいないので、自信を持って、「女性と演技」について話しますね。おそらく男性は、私がこれから申し上げることを理解できないはずです。

女性が、男性よりも演技が上手いのはなぜでしょうか？　それは生き延びるために演じなければいけなかったからです。自分よりも体が大きい男性に意見をうまく聞いてもらおうとすると、弱くて無知な女性を装う必要が出てきます。演技は女性が生存していくためのスキルだったのです。このスキルをつかって、女性は何千年も生き残ってきたのです。

誰かのふりをするということは、「一芝居を打つ」ということ以上の意味があります。誰かを装って、その人のように振る舞えば、どんな人にもなれるということです。それが女性の可能性を広げてきたのです。

演技は人生を生き抜くのに必要な、大切なスキルです。できれば「この人は演技をしているな」と気づかれたくはないですが、人間なら誰しも演技をした経験は少なからずあるでしょう。とにもかくにも、演技は「種の適応」の一要素なのです。

存亡の危機が訪れると、生物種は周りの環境に「適応」することによって生き延びよ

＊6　2006年。米ファッション界の大御所、ヴォーグ誌のアナ・ウィンターをモデルにしたとされる雑誌の編集長役。アン・ハサウェイ演じるアシスタントをしごく鬼編集長キャラが評判に。

＊7　1985年。アフリカのコーヒー園を経営する女主人役。不誠実な夫と、奔放な愛人とのあいだで揺れる。原作はアイザック・ディネーセンによる『アフリカの日々』。

うとします。これが「種の適応」です。生き残るために自分から戦略的に適応することもあれば、周りから影響を受けて知らない間に適応していた、ということもあります。同じように、女性という種もまた本能的に「適応」しながら、ここまで生き延びてきたのです。

6歳で聖母マリアになり切る

人生で初めて「意識して演技をした」と感じた瞬間を今もよく覚えています。当時6歳だった私は、母のスリップを頭にかぶり、聖母マリアになって、居間で寸劇を披露しました。ベビードールを布でくるんでいくうちに、とても心が落ち着いてきて、神聖な気持ちになって……。後光がさしているかのような顔、いつもの私とは別人のようなふるまい。その様子は父が撮影した8ミリフィルムに残っています。私がマリアを演じると、弟のハリーがヨセフ役を、もう一人の弟のダナが家畜役をやりはじめました。彼らは完全に役になりきっていました。

なぜ弟たちは私のささやかな「キリスト降誕劇」に参加してくれたのか。それはきっとものすごく集中して演技をしていた私に触発されたからだと思います。いつもは怒鳴りつけても言うことを聞いてくれない弟たち。それなのにこの日は私と一緒に演技をしてくれました。私はそのとき、男の子たちを従わせる方法を一つ学んだと思いました。

＊8　1995年。クリント・イーストウッド演じる初老のカメラマンと不倫の恋に落ちる農家の中年主婦役。中高年向けメロドラマとして、同名小説は日本でもベストセラーに。

9歳のときには、母にアイブローペンシルを借りて、顔中にしわを描きました。大好きだった祖母になりきるためです。祖母の顔を思い出しながら、丁寧に線を書き入れました。母に撮ってもらった写真を今みると、確かに現在の私の顔にそっくりだし、当時の祖母にも似ていました。

幼い私は、顔を似せるだけでは物足りないと思いました。そこで、年を重ねた祖母の気持ちを理解するために腰をかがめてみたのです。このときの重みは今も体が覚えていますが、何かを背負っているような感じでした。やっと祖母の気持ちが分かった、と嬉しく思いました。

男子の好きな〝かわいい女の子〟

こうした共感力は俳優の技術の中でも核となるものですが、高校生になると、ますます私は自分の共感力に磨きをかけることになりました。聖母マリアや祖母ではなく、今度は、「男の子にとって魅力的に見える女の子」を演じたいと思ったのです。そこで、自分がめざすべきキャラクター、つまり、〝かわいい高校生の女の子〟になるにはどうしたらいいか、調査することにしました。

「ヴォーグ」、「セブンティーン」、「マドモアゼル」といった雑誌を見ながら、どんな女の子がもてるのかを熱心に研究。まあ、研究といっても外見だけですけれどね。髪型、口紅、まつげ、細身の服。雑誌に載っている美しくて魅力的な高校生の女の子に少しでも近づこうと必死でした。

ダイエットをしようと一日リンゴ1個しか食べなかったときもありました。髪の毛を脱色してから、ヘアアイロンを使ってストレートにしました。ブランドものの洋服をねだってみたこともあります。これはさすがに母にダメだと言われましたが。とにかくかわいい女の子になりきるために、何でもやりました。それまで演じてきたどんな役よりも熱心に役作りに励みました。

笑い方を研究したこともありました。どうやったら明るい笑い方になるかしら、って。〝アハ！〟からはじまって、〝アハハ〟〝アハハハハ〟で終わる笑い方が私のお気に入り。それが子どもっぽくてキュートだと思っていました。こうした演技は全部、男の子にもてるためにやっていたことですが、ついでに女の子にももてればいいなと密かに願っていました。それはさすがに都合が良すぎて、難しいことでしたけれどね。

成功が成功を呼ぶと言いますが、見た目をかわいくすることに成功した私は、今度は自分の内面をかわいくしようと思いました。俳優業界の言葉で言えば「内面適応」をしようとしたのです。まずは生まれつきの気性を男性にうけるように修正しようと思いました。

私はもともと、ちょっと親分肌で、頑固で、自分の意見をはっきり言う性格。我が強くて、自ら困難なことに挑戦していくタイプでした。そんな私が、懸命に努力して、穏やかで、何でも言うことをきく、陽気な女の子になったのです。自然な感じを装って優しくしてみたり、時には恥じらってみたり。この作戦は、男の子には、とても、とても、とても効果的でした。

ところが案の定、女子からは不評を買い、私は嫌われました。彼女たちは私が演技していることを察したのです。女子に嫌われる理由はよく分かっていましたが、私は演技するのをやめませんでした。

でも、かわいい子を演じつづけたのは、私がもともともてなかったからではありませんよ。「もてるための訓練」を必死でやっていたわけではないのです。私が磨いていたのは、女性が生存していくための「求愛スキル」。かつて、女性が種を繁栄させるためにもっていたスキルの退化版と言ってもいいでしょう。

女子大で自分を取り戻す

高校三年生になると、改造した〝かわいい自分〟が本当の自分のようになってきました。実際、当時の私は、自分のことを雑誌に出てくるようなかわいくて利発な女の子だと信じ込んでいました。

もう私は鼻持ちならない女子ではない。男子がどんなつまらないことを言っても大声で笑ってあげて、絶妙なタイミングで目を伏せて、「はい」と従う女の子なのだ。男子が会話の主導権をとってきても、黙って従うことができるようにもなりました。自分の演技がどんどん効力を発揮していくのを日々実感していました。

このときの記憶は鮮明に残っています。以前に比べれば、うざくなくなって、男子によくもてるようになった私。そういう自分をとても気に入っていました。もちろん自分の意志でかわいい女の子に変身したのですから、結果に満足しない訳がありません。さらにやる気満々になりました。これこそまさに〝本物の〟演技でした。


高校を卒業すると、女子大であるヴァッサー大学に進学しました。今から43年前のことです。当時、ヴァッサー大学は、アイビーリーグの女子大版であるセブンシスターズの一校でした。

入学するとすぐに魅力的な女性たちに出会い、一生涯の友人になりました。男性をめぐって競争をしなくてもいい環境で学ぶ中で、私の脳は覚醒しました。私は目覚め、鎧を脱ぎ、本来の自分に戻りました。もう演技をしなくてもいい。ばかなことをやってもいいし、感情を表に出してもいい。攻撃的になってもいいし、だらしなくてもいい。あけっ広げで、人を笑わせるのが好きで、たまに頑固になる私を隠さなくてもいい。このままの私でいても全然ＯＫなのだ。いつだったか、３週間、髪の毛を洗わなかったこともありますが、そんな私を友人は『ビロードうさぎ』[*9]に出てくる〝うさぎのぬいぐるみ〟と同じように、受け入れてくれました。想像上のぬいぐるみではなく、本物の私を。

＊９　マージェリィ・ウィリアムズによる童話。ボロボロのうさぎのぬいぐるみが、持ち主の男の子と心を通い合わせる。

「ディア・ハンター」の女性像

高校時代に演じていたキャラクターは大学で封印しましたが、その後、俳優になってから役立つことになりました。映画「ディア・ハンター」でリンダ役を演じたときです。あの〝かわいい女の子〟キャラクターがリンダとしてよみがえったのです。もしかしたら若い皆さんはこの映画を見たことがないかもしれませんね。

「ディア・ハンター」は1978年度、アカデミー賞作品賞受賞作。主演はロバート・デ・ニーロとクリストファー・ウォーケン。ベトナム戦争を描いたシリアスな映画でした。私が演じたリンダは、小さな町に住む労働者階級の女性。愛らしくて、従順。恋人がベトナム戦争から帰還するのをひたすら待ちつづけていて、誰から見てもかわいそうな人でした。

リンダといえば、クリントン元大統領にお目にかかったときにこんなことを言われました。

「僕たちの世代の男性に聞くと、皆、メリル・ストリープさんが演じた役柄の中ではリンダが一番好きだと言いますよ」

この事実は、私が高校時代に、かわいい女の子になろうと決断したことが正しかったことを証明しています。私には、その世代の男性がリンダを気に入る理由もよく分かります。

私はリンダのような女性を否定しているわけではありません。彼女を魅力的だと思う男性もね。リンダは今も私の一部ですし、私は彼女の一部でもある。リンダはわざとかわいそうな女を演じていたわけではありません。本当におどおどしていて、従順で、八方塞がりの中、ボロボロに打ちのめされていた女性だったのです。実際、女性は長年、リンダと同じような振る舞いをすることによって生き延びてきました。今でも女性が従順にならなくてはならない世界はたくさんあります。

男性も共感、「プラダを着た悪魔」

「ディア・ハンター」が公開された時代とは、ずいぶん時代が変わりました。そのことを示す象徴的なことがあります。

私が演じた役柄の中で、今、最も多くの男性に愛されているのが、ミランダ・プリーストリーです。そうです、映画「プラダを着た悪魔」に出てきたファッション雑誌「ランウェイ」の編集長。あの偏屈な独裁者です。これは、とても前向きな変化だと思いました。

男性はミランダには共感し、リンダとはつきあいたいと思う。リンダに対しては気の毒だと同情し、ミランダに対しては自分と同類だと思う。

男性は、ミランダが抱える悩みや、自分にも他人にも高い水準を求める姿勢に共感する。組織のリーダーであることは孤独なものだし、報われないもの。誰も自分の気持ちなんか分かってくれない。それがミランダを見ているとよく分かる。

男性はリンダを客観的に見る。かわいそうだなと思い、恋したりもする。一方で、ミランダには自分を重ね合わせる。

この変化は、大きな意味を持ちます。同性愛者ではない男性の観客が「まるで自分のことのようだ」と主役の女性に共感した映画など、過去にはほとんどなかったからです。映画業界では「女性主役の映画に男性客を呼び込むのは至難の業」というのは常識。今でも男性主役の映画ばかりが多く制作されているのは、こうした理由からです。女性が主役として活躍する映画はまだまだ少ないというのが現実なのです。


男性が女性の主役に共感するのは難しいのですが、女性が男性の主役に共感するのは簡単なこと。

シェイクスピアからサリンジャーまで、どんな物語を読んでも、自然と男性主人公に同化できる。子どものころから、そういう共感力を身につけてきたからです。ハムレットが陥ったジレンマについては直感的に理解できるし、ロミオ、ティボルト、ハックルベリー・フィン、ピーターパンの気持ちもよくわかる。そういえば、幼い頃、ピーターパンになりきって、フック船長にむけて、剣をふりあげたこともありました。

それとは逆に男性が、ジュリエット、「オセロ」のデスデモーナ、「ピーターパン」のウェンディ、「若草物語」のジョー、「リトル・マーメイド」のアリエル、あるいはポカホンタスに共感するのは、とても、とても、とても難しいのです。なぜでしょうか？その理由はよくわかりませんが、男性とはそういうものなのです。女性の登場人物に同化するのは、架空の物語上でも抵抗があるのです。

しかし、時代は変化しつつあります。若い世代の男性を見れば、それは明らかです。男性が時とともに〝適応〟しはじめています。種の繁栄のために、意識して、自分を変えようとしています。知らず知らずのうちに考え方を変えている人さえいます。

男性が適応しはじめているとはどういうことかというと、たとえば、今、若い男性は、父親や祖父から受け継いだ男性優位の考え方を見直そうとしています。

男女平等などという概念は、皆さんの父親世代ですら受け入れるのが難しいことでした。祖父の世代であれば、なおさらそうです。しかし、若い世代は、父や祖父の考え方が必ずしも常識ではないと思い始めました。こうした変化への扉を開いたのが若者の「共感力」です。

心理学者のユングは、「感情は意識を形作る主要な要素である」と言いました。感情なくして、無関心の闇に灯りをともすことはできません。作家のレナード・コーエン[*10]は「ひび割れを注意深く探せ。そこから光が入ってくるからだ」と書いています。

＊10　カナダ生まれの詩人、小説家、シンガーソングライター。

ひび割れつつあるガラスの天井

今の時代、バーナード大学の卒業生である皆さんが、女らしくなるためにコルセットをはめたり、自分の意見をひっこめたりすることはありませんよね。そういえば、まだ卒業してなかったですね（笑）。

皆さんは、バーナード大学で、女子大ならではの特別な教育を受けました。その教育のおかげで共学の大学を卒業した人たちとは違った未来を、違った視点から描くことができます。これこそが、女子大の卒業生の特権なのです。

この特権が今後、どのように役立つか？　今すぐに効果を測るのは難しいでしょう。私のように、その利点をあらためて認識するのに、40年かかる人もいるかもしれません。

現在、世界には、貧困、エイズ、過激なイスラム原理主義の台頭、人身売買、人権侵害などに苦しむ人々がたくさんいます。その中で、いわゆる女性の権利問題、男女不平等の問題が、最も重要な課題として注目されています。これから皆さんは、同じ人間として地球が抱える問題に目を向け、できるだけ早く解決しようと努力しなければなりません。

ニュースでも多く取り上げられているように、この世界には、助けを必要としている人たちがたくさんいます。皆さんが活躍する時代なのです。世界に何らかの問題があるのは当然だと思うかもしれません。しかし考えてみれば、そもそも問題があること自体、不自然なことなのです。

世界を変革し、抵抗にあっても、さらに変革する。それしかありません。

かつて、女性は大学で学ぶことすら許されていませんでした。女性で大学の建物に入ることができたのは清掃員ぐらいだったのです。女性が高等教育を受けることができるようになったのは、人類の長い歴史の中でもここ100年ぐらいのことです。ようやく時代が変わりつつあります。まもなく、多くの女性がロースクール（法科大学院）やメディカルスクール（医学部）を卒業する時代が来るでしょう。

世界の国々では、貧しい女性が土地を所有することができるようになりました。かつては男性の所有物だった女性が、独立して生きていけるようになったのです。

雑誌「エコノミスト」によれば、過去20年間、先進国の経済成長の最も大きな原動力になったのは女性の労働力だとのことです。世界全体のGDPの成長に、新しいテクノロジーよりも、インドや中国よりも大きく貢献したのは、働く女性だったのです。ガラスの天井に、扉に、裁判所に、そして上院議場に……あらゆるところに、ひび割れができつつあります。

有名と幸せの関係

27年前、私は、きょうと同じようにヴァッサーカレッジの卒業式で講演をしました。このときの講演は、各方面から絶賛され、とても大きなニュースになりました。ニュースキャスターのトム・ブロコウは「これまでに聴いた中で最高の卒業式講演だった」と言ってくれたので、私も「良い講演ができてよかった」と素直に受け止めました。

当時は、スピーチ原稿を書くのにそんなに苦労しませんでした。卒業生の気持ちもよく分かり、次から次へと言葉が出てきました。当時は子どもが生まれたばかりで、二度目のアカデミー賞を受賞したところ。すべてがうまくまわっていたのです。

流行も常套句も熟知していたし、何を言えば喜ばれるかも分かっていました。私は高校時代、チアリーディング部だったので、大きな声で応援メッセージを贈るのも得意でした。その結果、ヴァッサーカレッジでのスピーチは、とてもうまくいったのです。

ところが、今回、この講演のために原稿を書こうとしたところ、昔のようにスラスラと言葉が出てきませんでした。なぜなら今、私は皆さんのような若い人たちのことを、16分の1ぐらいしか理解できていないような気がしたからです。自分が言うことが皆さんにとって正しいのか、自信が持てませんでした。私は今、60歳で、私には4人の子どもがいます。子どもたちはすでに成人し、社会人として様々なことに挑戦しています。

こうした年代の皆さんに自信をもっていえるのは、私にはまだ知らないことがあり、知りたいことがたくさんある、ということだけです。

私が皆さんよりもよく知っているのは、成功、名誉、名声が何をもたらすかについてです。この話はまた別の機会にしましょう。有名になることがどれだけ、友人から、現実から、あなたを引き離すのか。どれだけ人間関係の調和を乱し、どれだけ家族がつらい思いをするか。最終的に、長い人生の中で、有名になることは重要なのか。世の中に知られていないという匿名性は宝なのです。失ってはじめて宝だったと気づくのです。

本日、講演者として招いていただいたのも、私が多くの映画賞を受賞した著名な俳優だからではないかと思います。

でも私自身は、賞をいただいても、「幸せだ」とか、「満足した」とか、「自分の役目を果たした」とか、そういう風には感じないのです。私は自分が出演した作品に誇りを持っていますが、その作品は多くのスタッフとともにつくりあげたもの。私一人でやり遂げたことではありません。

私が幸せを感じるのは、様々な役柄を演じる俳優という仕事を通じて、世界について学び、世界の人々に共感するときです。

私の愛する家族や友人のことを思いやる。助けを必要としている人々のために何ができるかと考える。そして自分以外の人のために行動する。こういうときこそ、私は幸せを感じるのです。

テレビに映っている私は、すべてメリル・ストリープを演じている私です。テレビで何を話そうが、授賞式で像を片手に何を言おうが、全部、演技なのです。

有名になった私は、世間から隠れる術を学びましたが、俳優になった私は、心を解放する術を学びました。

本日、ここでスピーチするのにあたって、自分が若い皆さんにお伝えできることは何かと深く考え、自分の内面を見つめ直すことができました。こうした機会を与えてくださり、ありがとうございました。

必ずしも、有名にならなくてもいいのです。お母さんやお父さんが誇りに思うような人間になれば、それでいいのです。心配しなくても、卒業式を迎えられた皆さんのことを、ご家族は誇りに思っていますよ。

皆さん、ブラボー！　ご卒業おめでとうございます。

Martin Scorsese

マーティン・スコセッシ

(映画監督)

1ミリも
才能がない?

芸術家の人生をトータルで考えれば
たまに訪れる成功の数よりも
試練の数のほうがずっと多い。

Martin Scorsese

1942年、ニューヨーク生まれ。シチリア移民が多く居住するリトル・イタリーで育つ。幼い頃より映画に親しみ、ニューヨーク大学芸術学部へ入学。1976年、ロバート・デ・デニーロ主演「タクシードライバー」で脚光を浴びる。「レイジング・ブル」(1980年)、「グッドフェローズ」(1990年)などで5度アカデミー賞監督賞の候補に。6度目のノミネートとなった「ディパーテッド」(2006年)で受賞。「ギャング・オブ・ニューヨーク」(2002年)、「アビエイター」(2004年)、「ウルフ・オブ・ウォールストリート」(2013年)など近年は主演にレオナルド・ディカプリオを迎えることが多い。マイケル・ジャクソンのミュージックビデオ「BAD」の演出も手掛けた。最新作は遠藤周作原作の「沈黙」(2015年公開予定)。

2014年5月23日

ニューヨーク大学ティッシュスクール

母校の学生へ向けた、ニューヨークと映画への愛にみちあふれたスピーチ。恩師や憧れの監督との出会い。ときに酷評されるも、創造への情熱が失われることはない。次から次へと繰り出される物語。まるで一本の映画を観ているような気分になる名スピーチ。

本日は卒業式にお招きいただき、ありがとうございます。まずはニューヨーク大学ティッシュスクールのメアリー・シュミット・キャンベル学長に心より感謝を申し上げます。これから卒業する皆さん、歴代の卒業生の発展のためにご尽力くださり、ありがとうございました。私たちはこの学校を卒業できたことを幸運に思っています。キャンベル学長のもと、ティッシュスクールは、ニューヨーク大学の中でも最も輝かしい学部の一つとなりました。これまで過去数十年にわたって、突出した芸術的才能に恵まれた若者を集め、育成し、社会に送り出してきました。キャンベル学長から卒業式で講演をしてほしいと頼まれたときは、本当に光栄に思いました。こんな機会がない限り、私がこの学校に足を踏み入れることはできないでしょうから。

ここからは、私がニューヨーク大学で学んだ1960年代初頭に時計の針を戻しましょう。大学に入学するのが、今よりもずっと簡単だった時代の話です。大学に進学しようと思った私は、まず、ワシントン・スクエア・カレッジ[*1]から、学部便覧を取り寄せることにしました。

私は、それまで学問とはあまり縁がなかった人間でした。カトリック教会が運営している教区の学校やカトリック系の神学校で教育を受けてきたからです。そんな私が、大学に進学するならワシントン・スクエア・カレッジしかないと思った理由はただひとつ。自宅からとても近かったからです。私が住んでいた地区には、大学を卒業した人などいなくて、カレッジというのはいわば雲の上の存在でした。とはいうものの、すぐ近くにあったワシントン・スクエア・カレッジのことは、ずっと気になっていたのです。

大学で映画が学べるなんて!

取り寄せた便覧をめくっていたら、「映画・テレビ・ラジオ学部」(Motion Pictures, Television and Radio =MTR学部)と書いてあるのを発見しました。私にとっては願ってもない最高の学部です。もちろんMTRの中で私が食いついたのは、M(Motion Pictures =映画)です。確か、1959年か1960年のことだったと思います。「ついに大学で映画を専攻できる時代が来たのか。何と素晴らしいことだ。信じられない!」と興奮しました。

＊1　かつてニューヨーク大学にあった学部生が通う4年制カレッジ。

ただし、「ＭＴＲ学部の学生は指定された教養科目や選択科目を履修しなければならない」と書いてありました。確かに映画専攻の学生が、１年目に履修できる映画関係の選択科目はたったひとつしかありません。「映画の歴史」だけでした。大学側はきっと、１年目から映画の授業ばかりすれば、怠け者ばかりが集まってしまうと考えたのでしょう。

それでも、大学で映画を勉強できるなんて、信じられませんでした。便覧をもう一度丁寧に読み直しました。やはり、映画を専攻できると書いてあります。私はすぐにワシントン・スクエア・カレッジに入学しようと思い、説明会に参加することにしました。

入学説明会では壇上で学部関係者の男性が、「映画・テレビ・ラジオ学部とは何を学ぶところか」などについて力強い口調で話していました。10分間くらい熱弁をふるっていたと思います。その男性の名前は、ヘイグ・マヌージアン[*2]と言いました。

情熱の師、ヘイグ

ヘイグは私たちに熱く語りかけました。自分がいかに映画に情熱を感じ、映画に人生を捧げているか。彼にとって、映画は生きる力のようでした。

それはまさに、私が映画に対して感じていたことと、全く同じでした。

映画が私の人生にとってどれほど大切なものか、私のかわりに話してくれているようでした。映画についてこんなに情熱をこめて語った人に、今まで会ったこともありませ

＊2　1916～80年。元ニューヨーク大学教授。

んでした。私に向けて語っているというよりは、私の気持ちを代弁してくれている。そんな錯覚にも陥りました。

ヘイグの言葉は力強く、カリスマ的でした。映画への熱い思いにあふれていました。仮に私が入学するのを迷っていたとしても、ヘイグの話を聞けば、そんな気持ちは吹き飛んでしまったことでしょう。ここは私が通うべき場所だ。そう思いました。

私にとって、大学で映画を専攻しようと決断するのは自然な流れでした。でもその頃は、映画の勉強なんて、正直なところ、ちょっと変わった人がやることだったのです。何を血迷ったのか、と思われるのがオチです。家族も近所の人も、誰もが、私のことを、「大丈夫か」と本気で心配していました。

当時の映画学部が、学問を学ぶ場ではなく、補助的な専門訓練をする場だと世間では思われていたとは、知る由もありませんでした。でも、今はよくわかります。何しろ50年以上も前の話です。一流大学では高尚な学問を学ぶというのが常識でした。

そういえば、最近、私の友人が映画学部のことをこう表現していました。「『映像を見ると興奮するが、学業はいまひとつ』という人たちが集まる砂場」。

たとえば、ボールを投げられなかったら体育の授業なんかとらないでしょう。それと同じですよ。ちなみに今の例は私のことで、ぜんそく持ちだったこともあり、体育の授業はちょっと……。その気持ち、分かりますよね?

ダウンタウンの映画少年

私の父と母は二人とも、マンハッタンのガーメント地区で仕事をしていました。40年間ずっと、同じ地区で働きつづけました。私が映画を勉強したいと言ったとき、両親は一度もやめなさいとは言いませんでした。言っても無駄だと思ったようです。むしろ賛成しているような感じでした。ところが、内心は心配でたまらなかったようです。

その頃、部屋が2つ半しかない小さなアパートに家族で住んでいたので、夜中に両親がひそひそと話していることもよく聞こえてきました。ある晩、母が父にこう言うのが聞こえてきました。「映画を勉強するなんて、気でも狂ったんじゃないの?」。父が何と答えたか覚えていないのですが、彼らの心配はもっともなことでした。なぜなら母が言っていたことは正しく……実際、私はクレイジーだったからです。

1948年頃から1966年まで、私たち一家はダウンタウンのエリザベスストリートに住んでいました。そこは小さなシチリアの町がまるごとニューヨークに移転してきたような地域でした。父も母も満足な教育を受けていませんでしたから、私の自宅には本が一冊もありませんでした。近所の友人の家にも本は一冊も置いてありませんでした。他の家も同じです。そもそも、この地域の人たちには、読書をするという習慣がなかったのです。

けれども、私たちには、映画がありました。近くに劇場がいくつもあって、新作も旧作も、ありとあらゆる映画をいつでも観ることができたのです。私にとって映画は現実逃避でした。映画を観れば、はるか遠い別世界に行ったような気分になりました。

近所の人たちにとって、映画を制作することなど想像もつかないことでした。そこでは、フィルムといえば、文字通りフィルムのことでした。フィルムメーカー（映画制作者）と言っても、

「何を作るんだい？　イーストマン・コダックでカメラフィルムでも作るのかい？」

と、真面目な顔で聞かれるほどです。

「いやいや。フィルムメーカーというのは、映画をつくる人のことですよ」

「へー、映画ねー」

そんな時代でした。ニューヨークでは、独立系の小作品を撮っていた人が少しいたぐらいで、長編映画が制作されることなんてほとんどなかったのです。

このような環境で育った私は、大学の入学説明会でヘイグの話を聞いても、自分で実際に映画を制作したいなどとは夢にも思いませんでした。

映画に対する愛情を分かち合えるような環境で学べたらいいな……。そんな軽い気持ちで入学したのです。とはいえ、ニューヨーク大学で映画を学ぶ私は、近所では、少し変わった人だと思われていました。実際にその通りだったので仕方ありませんが。

他人の価値観に左右されない、たとえ師であっても

大学初日のことは、よく覚えています。私の自宅はエリザベスストリートのプリンスストリートとハウストンストリートの間にありました。ハウストンに向かって北に歩き、左に曲がって、西へ6ブロックほど歩くと、これまでに見たこともないような新しい世界が目の前に現れました。「もっとクレイジーになってもいいのだ」と私に教えてくれたのは、この学校とヘイグ・マヌージアンでした。

初日、私は必修科目に加えて、選択科目も履修登録しました。その選択科目とは、もちろんヘイグが教えていた「映画の歴史」です。「映画の歴史」は毎週木曜日に開講されていました。授業は、1回3時間。映画に関わることなら何でも教えてくれました。トーマス・エジソン、[*3]ジョルジュ・メリエス、[*4]ドイツ表現主義、[*5]ソビエト映画、「市民ケーン」[*6]、フェデリコ・フェリーニ[*7]の「道」[*8]「カビリアの夜」[*9]……。

2学期目が終わると期末レポートを提出しなければなりませんでした。私は当時特に気に入っていた名作映画をテーマにレポートを書くことにしました。その映画とは「第三の男」[*10]。監督は、キャロル・リード、脚本は、グレアム・グリーン[*11]です。

私は「第三の男」を熱心に分析し、思いのたけを書きつづりました。内容にはかなり自信がありました。しかし、評価は「B⁺」。返却されたレポートには、ヘイグからのコ

＊3　19世紀後半、映画を撮影する機械、観る機械を発明。

＊4　フィルムの多重露光などを発明。「月世界旅行」（1902年）など。

＊5　20世紀初頭のドイツで盛んとなった前衛芸術運動。映画では、社会状況を反映し人工的なビジュアルで心の闇を表現。代表作に「カリガリ博士」（1919年）など。

メントが書き添えてありました。

「なかなか良く書けていたよ。ただし、覚えておきなさい。『第三の男』はただの怪奇映画なのだよ」

「そんなことはない。もっと意味がある映画なんだ」

私は独りごとを言いました。でも、反論するのはやめようと思いました。ヘイグにはヘイグの視点がある。もう忘れようと。

実際、自分の意見を否定されても、思ったほど落ち込みませんでした。なぜなら、それまでの2学期間、授業でヘイグから、こう教わっていたからです。「自分が納得するためにも独自の考え方を持ちなさい」「自由に意見を持ちなさい」「他人の価値観に左右されない自分だけのビジョンを形づくりなさい」たとえヘイグの価値観であっても、影響されなくてもよいのだ、と。

ヘイグは偉大な教師でした。彼はことさらイタリア・ネオリアリズム[*12]の作品を愛していました。私もネオレアリズモ映画が大好きでした。「無防備都市[*13]」や「戦火のかなた[*14]」を5歳のときから見ていたほどです。でももしヘイグに「ジョン・フォード監督の『捜索者[*15]』も好きです」と言ったら、ちょっと複雑な気分になったかもしれません。本当は両方とも好きだったのですがね……。


銃が登場したら、放り出すぞ！

＊6　1941年。弱冠25歳のオーソン・ウェルズが製作・監督・主演をつとめた処女作。実在した新聞王がモデル。
＊7　イタリアの巨匠監督。ネオリアリズムの名作のほか、「8½」「甘い生活」なども手がける。アカデミー賞を4度、同特別賞も受賞。
＊8　1954年。旅芸人の男女を通して人間を描いた名作。

入学して2年が経つと、映画専攻の専門課程となりました。初めて映画制作の授業を受けることになったのです。担当教授はヘイグ。相変わらず厳しかったです。

ヘイグには、彼独自のルールがありました。たとえば、

「いいか、もし君たちが書いてきた脚本に〝銃〟が登場したら、教室から放り出すからな！」

と、よく授業で言っていました。実際、放り出されて、二度と戻ってこなかった人もいました。これは、冗談ではなく、本当のことです。ここではあまり詳しくは言いませんがね。その何人かは、その後、映画界で大御所に……この辺でやめておきましょう。

私の映画をご覧になった人なら分かると思いますが、私がヘイグの掟に従ったことは一度もありません。在学中も、彼のルールを守りませんでした。でも彼は、そんな私の態度を容認してくれました。学生が独自の意見を持つことを、何よりも尊重してくれたからです。彼の授業を受ければ、「自分の頭の中にあるアイデアは実現できるのだ」と信じることができました。

ヘイグは常に、「ワクワクする気持ち」と「創造への衝動」を刺激しようとしていました。その衝動は、私たちの心の奥底でずっと輝きつづけていたものです。彼は、32人の学生一人一人が元々持っていた創造的な精神を磨こうとしていました。

そういえば、当時、映画・テレビ・ラジオ学部には32人しか学生がいなかったのです。今、ティッシュスクールには1学年1000人以上いますよね？　今とは全く違った環

＊9　1957年。男に騙されるも無垢な心を失わない娼婦がヒロイン。

＊10　1949年。戦後ウィーンを舞台に、友の不審死を追う売れない西部劇作家が主人公。鍵を握るのが正体不明の〝第三の男〟。

＊11　1904〜91年。英国の作家。『情事の終り』ほか。

境だったのはお分かりですね。

情熱は強く、そして脆い

ヘイグは、私たちにこう釘を刺しました。

「映画の世界に入れば、ちょっと苦労するかもしれないよ。もしかしたら、もっと大変かもしれない」と。

よいことばかりではないというのはもっともな助言でした。ところが、そのころは「もっと大変」がどのぐらいなのか、実感が湧きませんでした。

でも仮に分かっていたとしても、誰がそんなことを気にしたでしょうか。当時、私も全く気にしませんでした。皆さんだってそうでしょう。俳優、脚本家、監督、画家、ダンサー、ミュージシャン。ここには様々な分野の芸術家がいますが、将来、直面する苦労なんて、今から心配していないでしょう。

芸術家を志す皆さんが、これからやるべきことはただ一つ。創造への情熱や衝動を変わらず持ちつづけることです。何かを創造したいと思ったからこそ、ティッシュスクールに入学したのでしょう。だからこれからもその気持ちを大切にしてください。

それと同時に、情熱や衝動は脆いものであることを忘れないでください。それらは執念と同じで私たちを強く突き動かしてくれますが、ちょっとしたきっかけで失われてしまうこともあるのです。

---

*12　1940〜50年代、反ファシズム運動から起きる。リアリズムとドキュメンタリー手法を重視し、社会問題を題材に街中でも撮影。
*13　1945年。第二次大戦末期ローマ、対独レジスタンスを描いた。ロベルト・ロッセリーニ監督。脚本はフェデリコ・フェリーニ。
*14　1946年。ドイツ支配の終焉とイタリア解放の過程を描く。ロベルト・ロッセリーニ監督。

今後、皆さんには、その志を容赦なく邪魔するようなことが起きるでしょう。よく聞く話ではありますが、芸術の世界で生きるということは大変なことなのです。仕事でもプライベートでも、幾度となくつらいことに直面します。その中で私たちは自分の情熱や衝動を大切にまもり育てていかなければなりません。

撮影が終わらない！

ここからは、ちょっとしたエピソードを、いくつかお伝えしましょう。

それは撮影初日のことでした。私は廃屋のような建物の中にいました。セットなのかロケ現場なのか分かりません。椅子に座って、ただ何かを待っていました。台本も手元にありません。その日はかなり複雑な特殊効果撮影をすることになっていました。しかも、当然、一日で撮り終わらなくてはなりません。何時間も時間だけが過ぎていきます。

そのあいだ、私は助監督に何度も尋ねました。

「カメラマンはどこにいるんだ？　彼の名前は何だったかな……。ところで、俳優たちもいないいな。どうしたんだ？」

助監督は答えました。

「カメラマンも俳優も、こちらに向かっています。みんな準備万端ですから、完璧にやってくれます。大丈夫ですよ。心配しないでください」

しかし、どれだけ待っても、一向に誰も来る気配がありません。

＊15　1956年。ジョン・フォード監督、ジョン・ウェイン主演。兄一家を殺され、姪をさらわれた男が復讐のための旅に出る。西部劇の名作。

するとスタントカメラマンが走りまわっているのが見えました。ヘルメットをかぶって、パラシュートかなにかを着用しているようです。しかし私には何が起こっているのか、さっぱり分かりません。私に分かっていたのは、その日の終わりまでにワンショットも撮影できない、ということ。それだけは確実でした。「私が知らない何者か」に従って、スタッフが動いていることにも気づきました。

そこでようやく……目が覚めました。


今の話は2日前の夢です。冗談ではなく、本当にこういう夢を見たのです。ある映画を4週間で撮影しなくてはいけなくて、その……気持ちは分かってもらえますよね？

現場で全員に無視される悪夢

さて、それからもうひとつ夢を見たのですよ。こっちのほうがましな話です。

今回も撮影初日で、ロケの現場はもう少し上品な場所でした。ホテルのような感じのところです。とても素敵な部屋の中に私はいました。しかも、すでに台本が手元に届いています。けれども、読み込まれた形跡はありません。スタッフがギリギリになって渡したようです。

助監督も俳優も、今回はきちんと私の言う通り動いています。ところが、撮影の途中で、ディレクターズチェア（監督が座る椅子）がないことに気づきました。そこで助監督のジョーに言いました。

「悪いんだけど……つまり……立っていたくないというか……座りたいんだけど、ディレクターズチェアがないんだ」

「大変失礼しました。本当にすみません。すぐに持ってきてもらいますから、ご心配なく」

ジョーは言いました。

でも結局、誰も椅子を持ってきてくれませんでした。

そのうち、スタッフの様子が変なことに気づきました。皆、私のところにやってきて、とても親しげに話しかけてくれるのですが、何だか上の空なのです。すると撮影セットの中に、上品な感じの男性が見えました。小さな丸いレンズの眼鏡をかけています。色付きの眼鏡です。彼はそのあたりをうろうろしながら、私がやる仕事をすべて確認していました。

「あれは誰だい？」

と助監督に聞きました。

「ルーベン・マムーリアン[*16]ですよ」

「マムーリアン監督だって！『今晩は愛して頂戴ナ』『ジキル博士とハイド氏』『市街』『喝采』『クリスチナ女王』『血と砂』を撮った、あのマムーリアン監督？『ポギーとベス』『オクラホマ』の舞台も演出した、あのマムーリアン監督？そんな偉大な人がこ

＊16　1897〜1987年。グルジア出身、アメリカの映画監督。

んなところで何をしているんだ？」

「ただ見学したいだけのようですよ。若い人たちの働きぶりを見たいそうです」

そう言うと、助監督は自分の仕事に戻りました。

私も撮影を再開しましたが、俳優たちは、私の指示に対して「ハイハイ」と適当に返事をするばかりで、なかなか思うように動いてくれません。「何、この人、変なことを言っているのか」といったそぶりです。それでも私は、何とかシーンを撮り終えようとしていました。

自分のペースを取り戻したところで、後ろで誰かが話している声が聞こえました。ふと振り返るとマムーリアン監督がいました。彼は俳優に指示を出して、自ら演出をしていました。

私は助監督に言いました。

「どうなっているんだ？　彼はその辺にいる普通の人じゃないんだぞ。ルーベン・マムーリアンなんだ。これは、大変なことだ」

「彼はただ手伝ってくれているだけですよ」

と助監督は答えました。

これも、かなり最近見た夢です。この話からの教訓は、「いつまでも自分の地位が安泰だと思うな」です。眠っている間でさえも、安泰ではないのです！

だからこそ、「純粋に何かを創造したいと思う気持ち」をずっと大切にしてほしいのです。私も皆さんもそれがあったからこそ、この大学に入学したはずです。創造への情熱があるからこそ、これからも否応なく、がんばれるのです。時にはその情熱を自分ではコントロールできないのではないか、と思うかもしれません。その通りです。あふれる情熱はコントロールできるものではありません。

ニューヨーク大学在学中から映画を撮り始め、卒業後すぐに、長編映画を数本、制作しました。それら初期の作品を映画評論家のロジャー・イーバートが特に気に入ってくれました。イーバートはその後、長年にわたって、私の作品を好意的に批評し、創作活動を支援してくれました。

おそらくニューヨークかどこかだったと思いますが、何かのイベントがあったときに大勢の人の前で、彼が私に向かってこう言いました。

「あと20年も経てば、君はニューヨーク大学のフェリーニになるよ」

私は彼の方を向いて、すぐこう言い返しました。

「何だって？　そんなに長くかかるかな？」

もちろん半分冗談だったのですが、半分本気でもありました。

そのときの私には、壮大な夢を描くことが何よりも必要でした。これから大きな困難が待ち受けているかもしれないけれど、実現できるかもしれないと、本気で思っていました。ちょうどその頃、実績をいくつか重ねることができ、夢に手が届きそうな感じになってきたところだったのです。

憧れの巨匠に突き放される

ここからは、手短かにふたつほどエピソードを、お話ししましょう。まだ、時間、ありますよね？

私がニューヨーク大学の学生だったとき、エリア・カザンが講演に来てくれました。1965年のことです。カザンが舞台「転落の後に」（アーサー・ミラー脚本）を演出していたころのことでした。

まだリンカーンセンター[*17]もなくて、グリーン・ストリートかどこかのテント劇場で舞台を上演していたと思います。カザンの映画「波止場」[*18]は、私の人生に大きな影響を与えた作品でした。子どもの頃、この映画を観て人生が変わったと言ってもいいくらいです。

ニューヨーク大学には、ドキュメンタリー映画や実験映画の制作者が講演に来てくれました。皆さん素晴らしい方々ばかりでした。ところが残念ながら、ハリウッド映画の監督、つまり、ハリウッドで古典的な物語映画を撮っていた監督が来校したことはありませんでした。もちろん、エリア・カザンのような監督が講演することなど一度もなかったのです。

＊17　ニューヨークにある総合芸術施設。
＊18　1954年。ニューヨークの港を舞台にした社会派ギャング映画。主演マーロン・ブランド。

カザンの映画は、古典的ハリウッド映画の象徴的存在でした。彼は、スタジオ・システムのもと、物語映画の傑作を数多く世に送り出しました。当時はそれが主流で、私もそのうち、カザンのような映画を制作していくのだろうと思っていました。

ニューヨーク大学でエリア・カザンの講演を聴いてすぐ、私はカザンに直接会いたいと思いました。そこで、内心ビクビクしながらも、何とか彼の住所を聞き出し、面会を申し込んだのです。その後本人から手紙が届いて、1週間後ぐらいに5分ほど会ってくれるとのことでした。カザンに会えるのかと思うと心が躍りましたが、同時に、たまらなく緊張しました。もしかしたら、その後に起こる災いを予感していたのかもしれません。実際、カザンに会う日、私は大失態を犯しそうになったのです。

私はニューヨークの地理については明るいつもりでした。けれども、その日に限って、カザンの事務所がどこにあるか分からなくなってしまったのです。事務所は、ブロードウェイのアスター劇場の最上階とのことでした。アスター劇場はビクトリア調の古い建物で、その二階か三階に事務所はあるはずでした。ところが、私は迷ってしまったのです。彼に会うために、いろいろと入念に準備をして、服装もきちんと整えてきたのに、肝心の事務所の場所が分かりません。やっとたどり着いたときには、約束の時間から10分が経過していました。事務所につくと、カザンは、すでにトレンチコートを着て、出かけようとしていました。

私はまずカザンと握手をして、遅れたことを謝罪しました。すると彼は早速、こう言いました。

「ところで、今日はどのような用件で?」

「えー……、私はあなたから多大な影響を受け……今、新しい映画にとりかかっていると聞きまして、もしよかったら現場アシスタントの仕事をやらせてもらえないかと思いまして」

と伝えると、カザンは、

「そういうことはやらないんだよ」

と答えました。

「分かりました。ところで、今日、自分で書いた脚本を持ってきたのです。これは私と私のガールフレンドの話で、初の長編映画にするつもりです。カザン監督の作品と同じ系列にある作品だと思いますので、脚本を読んでいただけませんか。それで、何か助言をいただければありがたいのですが」

と、私が食い下がると、

「今、私は、脚本の執筆中なのだ。自分の脚本を書いているときに、他人の脚本は読まないんだよ」

と、カザンは言いました。

それでも私は、どれだけ彼の作品を愛しているか、彼に伝えようとしました。特に

「波止場」が好きで、公開されたばかりの「アメリカ　アメリカ」[*19]も大好きだと付け加えました。

最後にもう一度握手をしました。カザンからは「健闘を祈るよ」と言われました。それで面談は終わりとなりました。

この面談の後、私はものすごく落ち込みました。会っているときは、あまりに緊張していたので、どれだけショックなことを言われたのか、気づかなかったのです。時間が経つにつれて、ようやく何が起きたかを理解することができました。カザンとのミーティングは私にとっては残酷なものでした。でも、この出来事がきっかけとなって、かえって自分が強くなったことを実感しました。

人生では、失望が何らかの糧となって、逆に自分を再生させるということもあるのです。落胆から立ち直る方法は、残念ながら、セミナーを受講したところで学べません。自分でやり方を学ぶか、自力で立ち直るしかないのです。

ニューヨーク大学では読書にも夢中になりました。特に『白鯨』をよく読んでいました。その後、何年もかかりましたが、ハーマン・メルヴィルの小説は、ほぼすべて読破しました。『クラレル　聖地における詩と巡礼』だけはちょっと難しくてまだ読んでいません。これもそのうち読もうと思います。メルヴィルの作品の中では、『ピエール、

＊19　1963年。新世界を目指す移民の夢と絶望を描く。

曖昧なるもの』[20]が特に気にいっています。

『ピエール、曖昧なるもの』は素晴らしい作品ですが、出版されたときは酷評されました。偶然にも、メルヴィルはその物語の中にこう記しています。

「微笑はすべての曖昧なるものを伝達するために選ばれし媒介だ」

君には一ミリの才能もない

もうひとつ、私の若い頃の体験をお話ししましょう。1967年頃のことです。

私はすでに短編映画を2本、撮り終えていました。そんなとき、新しい映画のアイデアが浮かんだので、プロデューサーと一緒に何とかして制作資金を集めようとしました。ちょっと変わったストーリーでしたが、どうしても映画にしたかったのです。

そこで、私たちは試写会を開き、ある裕福な男性に、これまでの私の監督作品を見てもらうことにしました。彼は映画芸術に造詣が深く、才能がある監督には、実際に資金を援助することもあるとのことでした。

試写室で、「ザ・ビッグ・シェイヴ」[21]と「マレー、それは君じゃない!」[22]の2本を上映しました。プロデューサーと私は、外で待ちうけていました。試写が終わると、扉が開き、男性が出てきました。

彼は50代ぐらいに見えました。オーダーメイドのスーツ、ハンドメイドの靴、ベルベ

*20 1852年の作品。宗教、セクシュアリティなどが裏テーマ。
*21 1968年。8分のシュールな短編映画。血が出ても髭をそりつづける男が登場する。ベトナム戦争のメタファー。
*22 1964年。15分の短編映画。リトル・イタリーが舞台。友人を通して自分を語る男が主人公。

ットの襟がついているコート、山高帽といういで立ちで、小さなレンズの丸眼鏡をかけていました。彼は笑みを浮かべていました。それを見た私たちは「気に入っていただいたようでよかったです」と言いました。

　プロデューサーは私を紹介し、

「こちらが監督です。映画はいかがでしたか？」

と、あらためて尋ねました。

「あまり好きではなかったな」

　男性は答えました。

　プロデューサーは負けずに売り込みます。

「『ザ・ビッグ・シェイヴ』はいくつか賞を受賞して、ニューヨークフィルムフェスティバルでも観客から好評だったんですよ」

「冗談でしょう？」

　男性はずっとニヤニヤと笑っていました。プロデューサーはそれでも負けません。

「『マレー、それは君じゃない！』はいかがでしたか？　彼がニューヨーク大学で制作した作品で、学生映画賞など、世界中でたくさん賞を獲ったんですよ」

　すると男性はかがみ込んで、ニコニコしながら私に面と向かってこう言いました。

「君の映画を見て、一ミリでも才能を感じられたら、君に伝えるつもりだったよ。でも全く感じなかったんだ」

そう言い放つと、男性は去っていきました。

これまでの人生で、こんなに残酷なことを言われたことはなかったと思います。クラスメイトからも、作品を酷評されたことはありませんでした。私が住んでいた地域にも口の悪い人はたくさんいましたが、それでも、この男性ほどひどいことを言う人はいませんでした。

男性が去った後、プロデューサーと私は、ただ呆然としました。顔を見合わせる二人。私は彼の顔を、彼は私の顔を。お互いの顔を見ながら、大声で笑いました。もうがまんができませんでした。本当に笑いがとまりませんでした。向こう見ずで、立ち直りが早くて、バカな私たち。二人でとにかく大笑いしました。

男性から否定されたことで、かえって私たちは、「世間で認められるには、この方向性でいいのだ」と確信し、同じ路線の作品を制作していくことにしました。今でもプロデューサーとは、このときのことをよく話します。

「あのときの男性、覚えている?」

「もちろんだよ!」

思い出すと、いつも笑ってしまいます。それで、

「さあ、気にせず前に進もう!」

となるのです。それ以来、今日に至るまで、あの男性に二度と会うことはありません

でした。

一流の作品に触れ続ける

強気で突き進んだもののすぐにハッピーエンドが訪れるなんて思ったら大間違いでした。

そもそも、私たちには映画を制作する資金さえありませんでした。この出来事の前にも後にも、自信が粉々に砕かれるような経験をしました。それは、長い人生の軌跡のはじまりに「人生の浮き沈み」を凝縮して経験したような感じでした。

好評、不評。賞をもらう、もらわない。人気、不人気。興行成績がよい、悪い。私の映画の興行成績で言えば、過去10年間が最も好調です。

良いことも悪いこともすべてが桁外れに大きく、浮き沈みが激しい。それが映画制作という仕事です。平凡とは無縁の生活なのです。その中で、自分の能力を維持し、貴重な創造への衝動を大切にして、さらに生かしていくにはどうしたらいいのでしょうか?

そのためには事あるごとに、〝一流の作品〟に触れてください。誇りに思っている自分の作品でもいいし、もちろん他の監督やアーティストの作品でもいいでしょう。深く影響を受けたものであれば何でも構いません。

私がニューヨーク大学に通い始めたのは1960年。そのころ、6番街と8丁目の角に、「8丁目劇場」という映画館がありました。そこでは「アメリカの影」[23]（ジョン・カサヴェテス監督）を上映していました。

早速その映画を友人と観に行きました。映画を見終わるとコーヒーを飲みながら、「ジョン・カサヴェテス監督は映画のあり方を変えたな」と語り合いました。彼の映画にハリウッドのような撮影スタジオは必要ありませんでした。工場で重荷を持ち上げるときに使うような、大きな機材も必要ありませんでした。

資金を借りるか、集めることさえできれば、わずかな金額でも映画をつくることができます。私たちにやらない理由はありませんでした。カサヴェテスと同じようにやれば、映画を自分たちの手で制作することができるのです。

「アメリカ　アメリカ」

その数年後の1963年には、「アメリカ　アメリカ」を観ました。それは、アメリカ人の家族の歴史になくてはならない移民の物語でした。エリア・カザンは、私たちの、そして、皆さんの家族の歴史を深く洞察していました。

「アメリカ　アメリカ」は、新世界を目指す人たちの夢と絶望を初めて描いた大作でした。

主人公は何としてでもアメリカに行きたいと思う。そのために人をだます。嘘をつく。自分の身を危険にさらす。船に乗り込むために良心さえ売る。すべてはアメリカに行く

*23　1959年。ハーレムに住む白人と黒人の血を引く3兄妹を描く。即興性のある演出も話題に。

ためです。

アメリカに行けば、運と勇気と能力と生存本能さえあれば、生きてゆける。故国のように殺されることはない。そこには夢というよりも、よりよい生活というよりも、新しい人生がある。これが「アメリカ　アメリカ」のテーマでした。

「アメリカ　アメリカ」には、私が家族から聞いていた話と共通するものがありました。

カザンは自分の先祖の物語を描きました。子どもの頃には分からなかった自分の家族の歴史を浮き彫りにしたのです。それがすべてのフレームから伝わってきました。映画を見ながら、私はカザンが描く主人公スタヴロスに共感していきました。カザンの家族は、イタリアではなく、地中海沿岸のどこかの町の出身だけれど、そんなことは全然問題になりませんでした。私の家族のことなんて知らないはずなのに、どこかで立ち聞きしていたのではないかと思うほど、それはまさに私の家族の歴史そのものでした。

「アメリカ　アメリカ」の主人公、スタヴロスが新世界に到着する姿は、１９６０年に、6ブロック歩いて、新しい世界、すなわちニューヨーク大学に足を踏み入れた自分の姿と重なりました。スタヴロスにとって新世界とはアメリカのことでしたが、私にとっての新世界は、同じアメリカの中にありました。

綱渡りから、いっぱい落ちた

皆さんを触発し、皆さんの情熱を守っていくのは、こうした一流の作品なのです。これから、嫌なこともたくさんあるでしょう。そういうときは、原点に返ってください。最初に持っていたひらめきの炎を失わず、まもり育てていってください。

過去の巨匠の作品を見てください。誰を尊敬していてもかまいません。そうすれば、「自分の作品は唯一無二であり、他人から何を言われても妥協せず、毅然としていなければいけないのだ」ということを実感できるでしょう。

自分の道を貫けば、途中、どれだけ苦労しても、最後には成功という報酬となって返ってきます。不屈の意志で継続するという能力は、神からの恩恵なのです。世間はそれを「執念」と呼ぶでしょう。

皆さんの親御さんも、何かに取り憑かれたのかと心配に思うはずです。私の両親が思ったように、映画制作なんて、ちょっとクレイジーな、非常識な人がやる仕事です。そんなことを言われても、他人の価値観に従って、自分の作品を創ることはできません。

私は「夢を追いなさい」と言っているわけではありません。この言葉は、感動的な価値観を押し売りしているようで好きではありません。感傷的である以前に、的外れなのです。将来の夢を描いて、その夢ばかりに集中していたら、追いかけている過程を軽視することになります。

実は、その過程にこそ価値があるのです。執念があるからこそ、失敗も乗り越えられます。成功までは、なかなかたどり着けないかもしれません。それでも、執念があるからこそがんばれるのです。眠っている最中であっても、夢を見ている最中であっても、自分の感覚、洞察力、そして野心だけは覚醒させていなければなりません。これはとても大切なことです。

それから、結果ばかりを気にしないでください。成功したり、賞をもらったり、有名になったりと、よい結果が出ることもあります。しかし同時に、成功もせず、賞とは無縁で、無名のままで終わるということもありうるのです。良いことと悪いことは微妙なバランスで成り立っています。

私自身、綱渡りの綱からいっぱい落ちました。高いところから何度も落下したのです。結果に対して報酬を求めるのはとても危険です。そうなると、結果が悪かったときに、「自分を認めない世間が悪い」と世の中に対して怒りを感じてしまいます。それだけではありません。自分の作品はもうダメなのかと自信も喪失してしまいます。

たとえば、こういうことがあれば、ことさら傷ついてしまいますよね。俳優であれば、オーディションに落ちて役を逃す。画家であれば、初めての個展を開いたのに、絵が一枚も売れない。映画監督であれば、自分の映画の試写会がはじまって、最初の４分もたたないうちに「出エジプト」のように観客がぞろぞろと出てきてしまう。こういう経験は、私にも何度もあります。

政治家ほど打たれ強い人種はいませんよね。政治家は叩かれるのが仕事でもありますから。そんな政治家の名言を紹介しましょう。その政治家とはセオドア・ルーズベルトです。私の友人によれば、ルーズベルトは、1910年、どこかの大学の卒業式講演で次のように述べたそうです。

批評家は世間から評価されない。政治家に対して、〝この人はここでつまずいた〟と指摘し、実際に行動した人に対して、〝もうちょっとうまくできたのでは〟と言う。そんな人は重用されない。


評価されるのは、現場で戦っている人たちだ。

血と汗とほこりまみれの顔で戦う。

勇気をもって挑む。

失敗なくして成果はうまれないことを知っているから、何度もミスや失敗をしたりする。

自分で行動して、道を切り開こうとする。

情熱を持って、献身的に行動する。

価値ある大義のために、労力を費やす。

一所懸命がんばる。

うまくいけば成功するが、最悪の場合、失敗することが分かっていても、努力しつづける。


こういう人の周りには、同じような人たちが集まってくる。やる気がない人、戦う勇気がない人、勝利も敗北も経験したことのない人など、どこにもいないのである。


私が書いたんじゃありませんよ。セオドア・ルーズベルトの言葉です。

やる気がない人、戦う勇気がない人など、ここにはいませんよね。そんな人は、ニューヨーク大学ティッシュスクールの卒業式には出席できません。


皆さんもこれからの人生で、自信がなくなったり、心が傷ついたりすることもあるでしょう。時には、落ち込むこともあるかもしれません。でも、何があっても、自分独自の考え方と独創的な精神だけは持ちつづけてください。自信を失わずに、粘り強く、何度でも失敗から立ち直ってください。

先達が制作した一流の作品を心の糧にしてください。私もつらいことがあると、いつも映画を観ていました。過去の作品から多くの刺激を受け、自分を取り戻してきたのです。

長年の芸術家人生の中で、作品を見るだけではなく、制作者に直接会えたのは幸運でした。私が会ったのは、作品の中に映画の精神を創造し、かたちにしてきた偉大な人たちばかりでした。彼らの映画はどれも唯一無二で、監督独自の創造性が思う存分発揮されていました。キング・ヴィダー、サミュエル・フラー、ヴィンセント・ミネリ、ビリー・ワイルダー。イタリア人の偉大なる監督、フェデリコ・フェリーニ、フランチェスコ・ロージ、エメリック・プレスバーガー、そしてマイケル・パウエル。[*24] 特にマイケル・パウエルには触発されました。

ジョン・カサヴェテスに出会えたのも幸運でした。彼は、私の真の親友であり、メンターであり、指導者でもありました。

微笑むのは何のため?

エリア・カザンからは、あの壊滅的だった初会合の後、手紙をもらいました。その手紙にはこう書いてありました。

「旧世界の人間から別世界の人間へ」

＊24　エメリック・プレスバーガーとコンビで活躍したイギリスの監督。鮮烈な色彩表現が特徴。代表作に「赤い靴」（1948年）「天国への階段」（1946年）など。

それを機に、カザンとも親しくなり、私は彼を崇拝しました。

1990年代初頭に父がなくなってからは、カザンは私の心を支える父親のような存在になりました。彼は温かく、物憂げで、挑戦的で、不可解で、協力的で、論争好きで、闘争的。いつでも笑みを浮かべられるよう、準備をしていました。

彼はそれを〝アナトリア人スマイル〟と呼んでいました。カザンの微笑みはまさに、メルヴィルが描いたピエールの微笑と同じで、〝すべての曖昧なるものを隠すもの〟でした。その微笑みは、自分を守るためのものでした。彼は他人から敵意を持たれないために、計算して笑っていました。

カザンが守りたかったのは何だったのでしょうか。それは、自分がもともと持っていた「創造への衝動」です。芸術家としての人生を送る中で、自分を突き動かす力となる「創造者としての精神」を外から守っていたのです。

私が笑みを浮かべるのも、カザンと同じ目的かもしれません。ただ、私の場合、いつも計算して笑っているわけではありませんがね。

学びに終わりはない

私の人生も後半になりました。これまで過ごしてきた時間よりも、残された時間のほうが短いのは分かっています。私はこれまで、過去の偉大な監督たち、映画の守護神たちの作品から大きな影響を受けてきました。彼らから学んだことを、私は今でも大事にしていいます。彼らは私の人生にじつに重要なインパクトを与えてくれました。私を挑戦させ、私を後押ししてくれたのは、彼らなのです。

それを感じるのは、映画をつくっているとき、特に編集室にいるときです。要はこういうことです。


私は、編集作業をいつも自宅で行っています。ありがたいことに妻のヘレン（ヘレンは私にとって最高の妻です）と、娘のフランチェスカが許可してくれているからです。

編集は私とセルマ・スクーンメイカーの二人で行います。85日間、あるいは100日間、撮影が続いたあとに編集作業が始まります。ところが、どんなに体が疲れていても、いざ編集となると気持ちが高まるのです。映像で物語を紡いでいく過程は、この上もなく楽しいのです。2つの映像、2つのカットをつなぎあわせていくと、これまで見たことがないような映像が現れます。編集の結果、想像もしなかったような映像になると、目からウロコがおちるような気持ちになることもあります。そんなとき、私はいつも興奮して、幸せな気分に満たされます。映画を制作していてよかったと思います。この気持ちは昔も今も変わりません。

私は今も、自分の限界を超えようと努力をつづけています。映像表現の限界を広げたいと思っています。映像表現の限界とは、私自身の限界であると認識しています。手法の限界ではありません。それをこれから広げていくのは、皆さんです。

芸術家の人生をトータルで考えれば、たまに訪れる成功の数よりも、試練の数の方がずっと多いのです。単なる仕事として見れば、全く割に合わないのが芸術家なのです。それでも、芸術家でありつづけるのは、天から才能を与えられたからです。

これから情熱を持って、作品を創り続けていく皆さんにお伝えしたいことがあります。毎日が作品を世の中に送り出すチャンスなのだと。

画家、ダンサー、俳優、作家、映画監督……。皆さんにとっても私たちにとっても、一瞬一瞬が勝負なのです。

すべての一歩は、新たな一歩。
すべての一筆は、実験。
すべてのシーンは、教訓。
すべての撮影ショットは、授業。

これからも学びつづけましょう。

Charles Munger

チャールズ・マンガー

（バークシャー・ハサウェイ副会長）

成功の秘訣は「学習マシーン」

バークシャー・ハサウェイが成功したのは
ウォーレン・バフェットが
たゆまぬ「学習マシーン」だったから。

©Getty Images

Charles Munger

1924年、ネブラスカ州オマハ生まれ。ハーバード大学ロースクール卒業。弁護士、投資家、実業家。投資の神様、ウォーレン・バフェットが最も信頼するパートナーであり、世界最大の投資会社バークシャー・ハサウェイのナンバー2。同社の時価総額はおよそ3500億ドル(2014年12月末)。バフェットとともにコカ・コーラ、ウォルト・ディズニー、アメリカン・エキスプレスなど多数の企業に投資し、世界経済に絶大な影響を与えてきた。最近では、起業家イーロン・マスクの活躍ぶりを絶賛している。ウェスコ・フィナンシャル・コーポレーション代表を歴任。現在、バークシャー・ハサウェイ副会長。法律専門紙デイリー・ジャーナル社代表も務める。

2007年5月13日

南カリフォルニア大学ロースクール

御年83(スピーチ当時)、投資の神様バフェットの右腕である彼は、自分が成功した秘訣を惜しむことなく披露。孔子、エピクテトス、キケロらの言葉も引用。豊かな人生を送るための20の極意とは。この世の多くを見てきた重鎮による圧巻スピーチ!

皆さんの多くは、なぜこんな年寄りが卒業式で講演をするのだろうと、不思議に思っていることでしょう。その理由は明らかです。まだ死んでいないからです!なぜ私が講演者に選ばれたのか。それは私にもよく分かりません。大学の渉外部が、何か寄付してもらえると思ったからではないことを祈ります。どんな理由であれ、卒業式の講演者としてふさわしいと思われたのは、私がここにいる誰よりも年長者だからでしょう。

ガウンを着ている皆さんの後ろに、ご家族の方々の姿が見えます。私に教育を授けてくれた人たちは皆、亡くなりましたが、皆さんのご家族はご健在で、この場に参列してくれていますね。私は、ご家族の方々こそ、栄誉に値するのではないかと思います。今日に至るまで、皆さんが十分に教育を受けられるよう、多大なる尽力をくださいました。一つの世代から次の世代へ、知識や価値が受け継がれていく。このことを絶対に軽視してはなりません。親は子のために多くの犠牲も払います。

私の左側に、多くのアジア人の方々が座っているのが見えます。彼らとともに卒業式に出席できることを光栄に思います。なぜなら私は、ずっと孔子を信奉してきたからです。中でも孔子が唱えた「孝」（「孝行」）という概念に共感しています。

孔子は、「自分が教えてもらった価値と、人間が本来尽くすべき本分は、すべて次の世代に伝承していかなくてはならない」と説きました。「こんな考えにどんな価値があるのか」と若い人は思うかもしれません。でも、アメリカの中でどれだけアジアの人々が台頭してきたか、考えてみてください。この教えの威力が分かるでしょう。

さて、今日は、皆さんに伝えたいポイントをいくつかまとめて、紙に書いてきました。私の人生に役立ってきた考え方や心構えを、包み隠さずお伝えしていくことにしましょう。私の助言が誰にでも役に立つとは言いません。それでも、その多くは普遍的な価値観であり、人生で失敗しないために必ず知っておくべき概念だと思います。

手に入れたいものにふさわしい人間になる

人生をよりよく生きるのに基本となった考え方は何か。それは「自分が欲しいものを確実に手に入れたいならば、それにふさわしい人間になれるよう努力すればいい」です。

幸運なことに、私は、このルールを幼い頃に学び、実践してきました。とてもシンプルなアイデアでしょう。いわば「人生の黄金ルール」です。

ビジネスにおいてもこのルールは有効です。

自分が買う立場だったら、何を買うか。そこから発想して、自分が買いたいものを世の中に送り出していけばいいのです。私は、弁護士や法曹界で働く人たちだけに役立つ心構えを言っているのではありません。

この考え方を実践できる人は、ほぼ全員成功します。お金や名誉を得ます。それだけではなく、周りの人から尊敬され、信頼されます。人から信頼を得れば、皆さんの人生は上昇気流に乗ります。そういう人生を送るには、ただ、「自分が買いたいものを世の中の人々に提供する」だけでいいのです。

お金との関係を考える上でも、このルールは役立ちます。世の中には、お金にふさわしい人間とふさわしくない人間がいます。

皆さんも、悪いことをしてお金を稼いだ金持ちの行く末がどうなるかはご存知ですよね。どんなに金持ちでも、どんなに有名でも、悪人は悪人。周りの人たちはその人の本質を見抜いていています。それが顕著にあらわれるのが葬式です。性悪な金持ちが亡くなると、教会には多くの人が押し寄せます。なぜ嫌いな人の葬式に参列するのか。死んだことがうれしくてたまらないからです。

そういえば、ある富豪の葬式の話を聞いたことがあります。

葬式で、聖職者がこう言いました。

「亡くなった人に向けて、どなたでもいいので、こちらで弔辞を捧げてください」

ところが誰も前に出ようとしません。どれだけ待っても一人も弔辞を述べたいという人はいませんでした。しばらくすると、ようやくある男が前に出て、こう言いました。

「神様、こいつは本当に嫌なヤツだった！」

皆さんは、自分の葬式でこんなこと、言われたくないですよね。最悪の幕切れです。世の中に「悪い人の例」を残して死ぬなんて。

賞賛されるための愛は間違っている

幼い頃、もうひとつ重要なことを学びました。それは、「ほめられるために人を愛することは、間違っている。死後、賞賛されたいがために、自らの命を犠牲にすることも、正しい行為ではない」ということです。私はこの真実をサマセット・モームの『人間の絆』[*1]から会得しました。

このモームの教えは、その後、私の人生において、とても、とても、役立つことになりました。モームが『人間の絆』で描いているのは、病的な愛です。万が一、皆さんが「賞賛されたい病」にかかってしまったら、このままではいけないと思って、すぐに治

＊1　足が不自由な少年を主人公の精神的な成長を描く。半自伝的な教養小説。

療してください。完全に自分の中から病を排除してください。

知識を得ることは、道徳上の義務である

もうひとつ、私の人生に役だった考え方をお伝えしましょう。

それは「知識を得ることは、道徳上の義務である」ということです。これは孔子から学んだことです。知識を得るのは、自分の生活を向上させるためではないのです。

この言葉は、皆さんにとって、とても重要なことを示唆しています。つまり、皆さんは、一生学び続けなくてはならないということです。そうしなければ、豊かな人生も送れません。大学で身につけた知識だけでは不十分なのです。卒業後、どれだけ学べるかが勝負です。学習すればするほど、前に進んでいくことができます。

バークシャー・ハサウェイの話をしましょう。バークシャー・ハサウェイは、世界で最も高く評価されている企業の一つでしょう。人類の歴史を振り返っても、これだけ長期間にわたって投資成果を上げてきた企業はありません。そのバークシャー・ハサウェイの投資方針は、「この10年間で得たスキルは、次の10年間には通用しない」。良い結果が出ていても、そう考えるのです。

ウォーレン・バフェットが、たゆまぬ「学習マシーン」だったからこそ、バークシャー・ハサウェイは成功しました。彼がいなければ、これほどの素晴らしい投資成績は残せなかったことでしょう。

ウォーレン・バフェットの仕事に対する姿勢は、あらゆる階層の人々の模範となります。

私はこれまで、元々頭脳明晰でもなく勤勉でもない人が、次々に成功していくのを目にしてきました。なぜ彼らは成功したのか。それは、彼らが全員「学習マシーン」だったからです。

毎日何かを学習し、朝起きたときには、前日より確実に賢くなっている。こんな日々を重ねていけば、成功する確率はぐんと高まります。特に皆さんのような若者なら、なおさらです。学ぶ時間がたくさん残されているからです。

アルフレッド・ノース・ホワイトヘッド[*2]はあるとき、こう言いました。「文明が進歩できたのは、発明の方法が発明されたからだ」。

もちろん、彼が示唆しているのは、科学技術が進化した結果、国民1人あたりのGDPが大きく成長したことです。

私たちが、今、当たり前のように使っている技術は、ここ数百年間で開発されたものばかりです。それ以前、文明はそんなに大きく進化しませんでした。なぜなら、どのように科学技術を発明していいか分からなかったからです。発明の方法が進化しない限り、文明が進化しない。そうであれば、皆さんも自らの学習方法を進化させなければ、前に進むことができません。

＊2　1861〜1947年。イギリスの哲学者。

幸運にも私は、法科大学院に入学する前に、自分の学習方法を確立することができました。私のこの長い人生の中で、「学び続けること」ほど、役にたったことはありません。

再び、ウォーレン・バフェットの例をお話ししましょう。彼の時間の使い方を見ていると、働いている時間の半分、いや、ほとんどの時間を、読書に費やしています。座して結果を待っているのです。その他の時間は、人と一対一で会っているか、電話で話しているかのどちらかです。バフェットが話している相手は、皆、非常に優れた才能の持ち主。彼は固い信頼関係で結ばれた人とのみ、仕事をしています。

何を言いたいかというと、ウォーレン・バフェットの生活は極めて学究的なのです。彼が世界的な成功をおさめたのは、毎日、毎日、学び続けているからだと思います。

知識を世に広めよ

アカデミア（学術研究機関）には、世の中に役立つ研究成果が数多く眠っています。数年前、それをあらためて実感したことがありました。病院の理事長として、医学部の教員管理に携わっていたときのことです。素晴らしい知識を世に広めた教授がいることを知りました。

彼は、骨腫瘍病理学の第一人者でした。長年、研鑽を積み、世界でもトップクラスの専門家となったのです。あるとき、彼は「この知識を世の中に伝えなくては」と考えました。特に骨癌を治療する医師に自分の研究成果を伝えたいと思いました。

そこで教授は、教科書を書くことにしました。知識を本にまとめれば、多くの人々に役立つと考えたのです。本にしたところで、専門書ゆえ2000部ぐらいしか売れないでしょう。でも、その2000部は、結果的に、世界中の主要な癌センターで活用されることとなったのです。

教授は1年間の研究休暇を取得し、本を書き始めました。彼の手元には、すべての資料がそろっていました。本の執筆に備えて、資料を保存し、整理し、ファイルにまとめてきたからです。彼は1日17時間、一日も休まず、パソコンの前に座り、ひたすら書き続けました。研究休暇の1年間をすべて執筆に費やし、その年の終わりに、やっと1冊分書き終えることができました。

出版されると、彼が書いた本は、優れた骨腫瘍病理学の教科書として評価され、世界中の病院で活用されることになりました。

もし皆さんも世の中に伝えるべきことが見つかったら、出来る限り、それを形にして、広めてください。

集学的に考えよ

もうひとつ、私の人生に大きく役立った考え方をお伝えしましょう。

法科大学院の学生だったときのことです。授業で、お調子者の学生がこんなことを言っていました。

「リーガルマインド[*3]とは、二者の関係がこじれているときに、どちらか一者だけのために責任をもって考えることである。もう片方のことは考えなくてもよい」

私はこの言葉を聞いて、何てバカなことを言っているのかと思いました。このことがきっかけとなって、自然と「すべての学術分野に通用する大きな概念とは何か」と考えるようになりました。そうすれば、物事を一面からしか見ない大バカ者にならなくてすみます。どんな問題も全体の状況と切り離して考えることはできません。まずトータルで見た上で、建設的に判断しなくてはならないのです。


法科大学院で「『とてつもなく大きな概念』さえ知っておけば、あらゆる物事の95%を理解することができる」ということに気づいてから、私は、何を学ぶときでもその中から「すべての学術分野に通用する大きな概念」を見出すようにしました。私にとって、それはそんなに難しいことではありませんでした。そのうち、集学的に考えるのが習慣になっていきました。

もちろん、「大きな概念」が分かったからといって、実践しなければ、何の価値もありません。そこで、私はどんな仕事にも集学的アプローチを適用するようにしてきました。それが私の人生に、どれだけの価値をもたらしたことでしょう。おかげで、楽しい幸せな人生を送ることができました。私自身、とても前向きになりました。世の中に大

＊3　法律を実際に適用するときに必要とされる、柔軟、的確な判断。

きく貢献できるようにもなりました。それどころか、莫大な富を得ることができました。皆さんがどんな分野に進んでも、集学的に考えることを忘れないでください。このアプローチは本当に役に立ちます。

時には自分の才能を隠しなさい

「大きな概念」を適用して考えると、何をやってもうまくいくようになります。ところが、そこで自分の才能をひけらかしてしまうと、危険な状況に陥ってしまうこともあります。

たとえば、自分よりも豊富な知識をもっている専門家、あるいは、指導する立場にある専門家がいたとしましょう。そういう専門家と一緒に仕事をしていても、自分のほうが本質を理解していることが分かってしまいます。彼らがミスした問題だって、簡単に答えを導き出すことができます。そうなると危機的な状況が待ち受けています。

若者が年輩の専門家に「あなたのやり方は間違っています」と言えば、どうなるでしょうか。相手の面目をつぶしてしまい、取り返しのつかないことになってしまいます。こうした問題を正しく解決するにはどうしたらいいか。いまだに私にも答えが分かりません。

私は若い頃、ポーカーが得意でした。でも仕事では、よいポーカープレイヤーになりきれませんでした。年輩の専門家の前で〝自分のほうが劣っているふり〟をすることができませんでした。その結果、たくさんの問題を引き起こしました。今は、変人奇人だと思われればすみますが、若い頃は〝賢くない自分〟を演じることができず、とても苦労しました。ここで私から皆さんにアドバイスしたいこと。それは「時には謙遜して自分の才能を隠しなさい」ということです。

法律事務所で働いていたとき、優秀な同僚がいました。彼は法科大学院をクラスでトップの成績で卒業しました。前途洋々で、将来は最高裁判事になるのではないかと言われていました。彼は、入所後、自分が優秀であることを、ことあるごとにアピールしました。確かに彼は法律について豊富な知識を持っていましたが、所詮、新米弁護士。結果は言わずもがなです。ある日、シニアパートナーから呼ばれて、こう言われました。

「チャック、いいか。君に伝えたいことがある。君の仕事は、全力でクライアントを立てることだ。どんな状況下でもクライアントが『私は世界で一番賢い』と感じるような、へりくだったふるまいをしなさい。クライアントを立てたあとは、残りのエネルギーをシニアパートナーを立てるために使いなさい。上司に『私は世界で一番賢い』と思ってもらえるようにふるまうことが君の務めだ。この２つの義務を果たしてはじめて君はこの事務所で自分の才能を発揮していくことができるだろう」

これは大企業で出世していくには、とてもよいアドバイスかもしれませんね。

私はそういう道を選びませんでしたけれど……。

「自分の気持ちに素直に従って生きていきたい」と思った私は、投資家として独立する道を選択しました。そうすれば、無理に上司やクライアントをおだてる必要もなく、好きな人とだけ仕事ができるからです。周りの人全員に好かれなくても全く問題ありませんでした。私にはこちらの道のほうが合っていたと思います。

集学的アプローチの補足

ところで、話は戻りますが、私が言う「集学的アプローチ」は、古代の偉大なる法律家、マルクス・トゥリウス・キケロ[*4]が提唱した考え方に由来しています。私はキケロの信奉者ですが、彼がこう言ったのは有名です。

「自分が生まれる前に起きたことを知らないでいれば、生涯、ずっと子どものままだ」

これは真理だと思います。キケロが、自分の生まれる前のこと（歴史）を知ろうとしない人を愚かだとあざ笑うのはもっともなことです。キケロの思想をもう少し一般化して言えば、成熟した人間になるためには歴史はもとより、他にも知るべきことがたくさんあるということです。

ここで言う「他にも知るべきこと」とは、先ほど私が申し上げた「すべての学術分野に通用する大きな概念」のことです。

「大きな概念」を適用して考えることができれば、法律の口述試験でスラスラと答えられて、Aをもらえるだけではありません。どんな問題に直面しても、簡単に解決するこ

＊4　BC106〜43年。共和政ローマの哲学者、政治家。著書に『国家論』など。

とができるようになります。「大きな概念」に照らし合わせて格子状に考える――この思考習慣が人生にもたらす恩恵ははかり知れません。

もし集学的アプローチが実践できるようになれば、将来、皆さんに、こういう日が訪れることを固くお約束しましょう。ある日、道を歩いている。右、左と周りをみまわして、実感する。「どう見ても私は、同じ年代の人たちの中で最も裕福な生活を送っている！ 何て素晴らしい人生なんだ」と。もし、集学的に考える習慣が身につかなければ、どんなに聡明な人でも、中流、あるいはそれ以下の層で人生を終えることでしょう。

物事を反転して考えてみる

もう一つ、私の人生に役だった考え方をお伝えしましょう。

これは、ある学部長から聞いた話を要約したものです。

あるところに、自分がどこで死ぬのか知りたかった田舎者がいました。なぜ、その場所を知りたかったか。絶対その場所へ行きたくないと思ったからです。そう考えた男は、真理をついていました。結果から逆算して考えたからです。

「複雑適応系」はどんな仕組みで動いているのか。「構成概念」はどのように導き出されるか。

こうした難しい問題も結果から考えてみたらどうでしょうか。より真実に近づくはずです。物事を逆から考えたほうが、正解を導きやすいと断言してもいいかもしれません。たとえば、インドの人々を援助したかったら、インドの人々は、私に何をしてほしいか、と自問してみる。つまり、インドの人々を最も苦しめているものは何か。その原因を取り除くために私が出来ることは何か、と考える。相手の立場に立って論理的に考えてみるのです。

代数学を勉強したことがある人なら、どうしても正しいことを証明できないとき、「反転」が有効なことをご存知でしょう。人生においても同じです。アインシュタインよりも優秀な皆さんなら、簡単に出来るはずです。人生でどうしても解けない問題に直面したときは、「反転」して考えてみるといいでしょう。

ここでちょっと反転の事例をあげてみましょうか。何が人生をダメにしてしまうでしょうか。何をやってはいけないでしょうか。そう考えれば答えは簡単ですね。「怠けること」「人からの信頼を失うこと」の２つです。信用を失墜するような行為をすれば、瞬く間に仕事で失敗してしまうことでしょう。どんなに素晴らしい信念を持っていようが関係ありません。

人からの信頼を失いたくないと思えば、約束を守ろう、契約したことを忠実にやりとげようとするでしょう。それが習慣となれば、怠けている時間などありません。怠けないこと、信頼を失わないこと。この２つは鉄則です。

イデオロギーに洗脳されるな

もうひとつ、やってはいけないことをお伝えしましょう。

過剰なイデオロギーに洗脳されないようにしてください。イデオロギーは思考を麻痺させせます。たとえば、「テレビ牧師」が説教する番組を見たことがあるでしょう。信奉するイデオロギーはそれぞれ違っていても、出演者全員が洗脳されていることは明らかです。

同じことが政治的なイデオロギーに強く傾倒している人たちについてもいえます。皆さんのような若者は、簡単にイデオロギーの信奉者になってしまいます。「私はこの団体の忠実な信者です」といって、特定のイデオロギーを大声で叫びつづければ、自分で自分の頭に偏った思想を刷り込んでいくことになります。そうなれば、やがて、頭がまともに働かなくなります。イデオロギーに洗脳されないようにしてください。これは人生を破滅させせるほど危険なことなのです。

イデオロギーがどれほどの害をもたらすか。それを示すのに良い例があります。

あるカヌーイスト(カヌーに乗る人)の団体がスカンジナビア半島にあるすべての急流をカヌーで下ることに成功しました。すると、今度は、アメリカの急流をすべて制覇しようと考えました。アメリカの急流には大きな渦があります。ところが北欧出身のカヌーイストたちは「北欧の急流を制覇できたのだからアメリカでも大丈夫だ」と思ったのです。実際、そんなことをしたら死ぬ確率は100％です。皆さんだって、大きな渦に巻き込まれたくはないでしょう。これくらい大丈夫だと思って近づいたら、あっという間に巻き込まれて死んでしまう。強烈なイデオロギーというのは、渦と同じだと思ってください。

イデオロギーにおかされないようにするために、私が守っている鉄則があります。自分が特定の主義・主張に傾倒しそうになったときに、こういう立場をとることにしているのです。

「この問題について、私は意見を述べる立場にありません。今の自分の意見に対して、誰よりもうまく反論できないようでは、発言する資格がありません」

対立する主張があっても、両論を客観的に話せない限り、意見を述べない……これはあまりにも厳しい規則ではないかと思うかもしれませんね。でもそれほど大変ではないのですよ。この鉄則を守るのはそんなに難しいことではありません。

かつて、あるヨーロッパの君主は次のように言いました。

「耐え忍ぶために、希望を持つ必要はない」

これと同じようなルールです。

多くの人にとっては難しいことかもしれませんが、私にとってはそんなに大変なことではありませんでした。極端なイデオロギーに心酔しないというのは、とてもとても重要なことなのです。「正しい知識を身につけたい」「他の人よりも賢くなりたい」と思うのであれば、イデオロギーへの傾倒は大きなマイナスとなります。皆さんを破滅させることにもなりかねません。

「自己奉仕バイアス」から自分を解放する

皆さんの人生をダメにするものがもう一つあります。それは人間なら誰しも持っている「自己奉仕バイアス」[*5]です。

「自己奉仕バイアス」とは、「私の中には〝本当の私〟がいて、その私がやりたいと言っていることを実行して何が悪いの? 〝本当の私〟が望んでいることをやっているのだから、お金を使い果たしたっていいでしょう?」と自分中心に考えることです。

「自己奉仕バイアス」にとらわれた人の例を話しましょう。その昔、ある作曲家がいました。その男は世界で最も有名な作曲家になったのに、稼いだお金を全部使い果たしてしまったため、みじめな生活を送っていました。この哀れな作曲家の名はモーツァルトと言いました。

モーツァルトの才能を持ってしても、このようなバカな放蕩行為はうまくいかなかったのです。皆さんは絶対に真似しないでください。

概して、「人をねたむ」、「人を恨む」、「復讐したいと思う」、「自分をかわいそうだと思う」という状況は、思考が壊滅的なモードに陥っている証拠です。自己憐憫はパラノ

＊5　成功したのは自分のおかげ、失敗したのは他人のせいなどと、自分中心に考えること。

イアに近いものです。一度、パラノイアにかかってしまったら、元に戻ることはとても難しいのです。皆さんはどうか、自己憐憫の罠にはまらないでください。

私の友人で、いつも、黄色いメッセージカードの束を持ち歩いている人がいます。「私ってかわいそうな人なの……」と自分を哀れむ人に渡すためです。彼は一番上のカードを渡したり、真ん中のカードを渡したりしますが、どのカードにも同じメッセージが書かれています。

「あなたの話に感動した！　あなたほど不幸な人の話を私は聞いたことがない」

ちょっと突飛なアイデアに聞こえるかもしれませんが、自己憐憫の情に流されていると気づいたら、自分で自分にそのメッセージカードを渡すようにしてください。その理由がなんであっても、です。たとえ自分の子どもが癌で死にそうになっていても、自分をかわいそうだとは思わないでください。自分を哀れんだところで、事態は好転しません。

自己憐憫というのは、何の意味もない馬鹿げた行為なのです。その証拠に、自分を哀れむのをやめられたら、他の誰よりも有利な位置に立てます。もともと人間は自分を哀れむようにできているので、普通の人はそう簡単にやめられないのです。でも、そこから一歩抜け出せるように、自分自身を訓練してください。

それに加えて、「自分にとってプラスになることは世の中にとってもプラスになるはずだ」、という思い込みも捨て去ってください。これもまた「自己奉仕バイアス」です。潜在意識というものもまた、自分中心に働く傾向にあるのです。だから、こうした意味のない偏見を正当化しようとします。でも、これは非常に間違った考え方です。皆さんはバカな人ではなく賢い人になりたいでしょう。それならば、こんな偏見から自分を解放してください。

繰り返しますが、「自己奉仕バイアス」は、人間なら誰もが持っているものです。ほとんどの人はその考え方から抜け出すことができません。「自分がかわいい」と思う心理は、すべての人間に標準的に備わっているものだということを知っておいてください。自分の中に「自己奉仕バイアス」が存在していることを知らなければ、そこから永遠に抜け出せず、バカな行為を繰り返すことになります。

その例として、ソロモン・ブラザーズの法律顧問が辞任することになった顚末をお話ししましょう。彼は、ハーバード大学法科大学院を卒業した優秀な男でした。あるとき、彼はCEOから助言を求められました。部下が何やら不正を働いているようだがどうしたらいいだろうかと。そこで彼はこうアドバイスしました。

「これを当局に報告する法律的な義務はありませんよ。しかし私は報告すべきだと思います。道徳上の義務として不正は報告すべきです」

法律顧問が言ったことは正しかったと思います。でももちろんそんな風に言っても、

CEOが言うことをきくわけがありません。CEOは、法律上問題ないのであれば悪いことをわざわざ報告する必要はないと思いました。そこで、何もせずにそのままにしておきました。その後、どうなったかは想像がつきますね。その不正が外にもれて、大きなスキャンダルに発展しました。当然、CEOと法律顧問はともに引責辞任することになりました。

このような状況でどうするのが正しいのでしょうか。その答えはベンジャミン・フランクリンが教えてくれます。彼はこう言いました。

「人を説得するときは、利害に訴えなさい。論理で説得しようとしても無駄です」

「自己奉仕バイアス」は、あまりに深く人間の心に根付いているのです。もしその法律顧問がCEOにこう言っていたら、違う結果になっていたでしょう。

「考えてみてください。そのうちどこからか、必ずもれますよ。そうなれば、あなたはもうおしまいですよ。お金も、地位も全部なくなって悲惨な状況になりますよ」

利害に訴えなくてはなりません。高尚な動機で人を動かしたいという気持ちは分かります。でも、どんなときでも、人を動かすときには、利害に訴えることを忘れてはなりません。

悪しき報酬システムに組み込まれるな

もうひとつ、皆さんの人生をダメにするもの。それは、お金で人間を働かせようとする報酬制度です。そういう悪しきシステムの中に組み込まれないでください。お金を得ることだけを目的に働くと、どんどんバカな行動をするようになります。人生はますます悪い方向へ向かいます。報酬というのは、あまりに大きな力を持っています。人から認められたいという欲求をくすぐり、人間の行動をコントロールします。ですが、報酬のために働かないでください。

たとえば、現在、法律事務所の費用は、単価×稼働時間で請求されます。皆さんもよくご存じですね。私がもし法律事務所にいたら、給与をもらうために、1年間に2400時間も、働かなくてはならないわけです。稼働時間を満たすために働くなんて、私には無理な話です。だからやりません。どうやって働いたら良いかも分かりません。皆さん、法律事務所に就職したら、自分で何とか折り合いをつけて、頑張ってくださいね(笑)。でもこれは皆さんの将来にとって重要な問題だと思います。

嫌な人間関係を避けよ

もうひとつ、皆さんの人生をダメにするもの。それは、嫌な人間関係です。不快な人間関係を避けましょう。特に直属の上司に対して、「この人は尊敬できない」、「自分の模範にならない」と思ったら、その人のもとで働くのは極力避けてください。無能な上司のもとで働けば、自分もダメになってしまうからです。私たちは皆、何らかの形で権力者に支配されています。特に報酬を与えてくれる人には従わなくてはならない仕組みになっています。報酬を与える人になるには、それにふさわしい能力が必要で、その能力がないならば、従う価値もないのです。

私がこれまで嫌な人間関係をどうやって避けてきたかというと、先に自分で尊敬できる上司を見つけてきて、その人のもとで働かせてほしいとお願いしました。誰かを批判することはせずに、そうやってうまく切り抜けてきたのです。だから、私は自分が尊敬できる上司のもとでしか働いたことがないのです。

多くの法律事務所では、部下が上司を選ぶことを認めています。皆さんがこの上司のもとでなら絶対うまくいくと確信していたら、ぜひその上司にお願いしてみてください。心から尊敬できる人のもとで働けば、ますます充実した人生を送れるようになりますよ。無能な上司の下で我慢することを私はおすすめしません。

客観性を維持せよ

客観性を維持してください。

ダーウィンが自説の反証に注力していたのはご存知ですね。ダーウィンは、自分が強く信じていた理論については、特に客観的であろうとしました。彼が反証につとめたのはそのためです。人生において、「客観的に考えることを習慣にする」というのは、とても重要なことです。正しい思考ができるようになるからです。

ダーウィンは、客観性を保つために、チェックリストで確認することも忘れませんでした。チェックリストでひとつひとつ確認することを習慣にすれば、多くのミスを避けられます。新しい知恵を得たら、それをうまく活用するためにどうしたらいいか、頭の中のチェックリストで確認しましょう。これほどうまくいく方法はありません。

不平等であるほうがうまくいく

幼い頃に気づいたことで、とても大切なことがあります。

「不平等であるからこそ、うまくいっている世界がある」、ということです。そういう世界で自分も勝負していきたいとも思いました。ここで言う「不平等」とはどういう意味でしょうか。

世界ナンバーワンのバスケットボールコーチ、ジョン・ウッデンの話をしましょう。

彼は12人のメンバーを不平等に扱いました。12人のメンバーのうち、7人ばかりを交替で試合に出したのです。残りの5人はいつもベンチ。7人との実力の差は開いていくばかりでした。彼は、あるとき5人を呼び、こう言いました。

「練習相手とばかりプレイしていても、永遠にうまくならないよ。あの7人が試合に出られるのは、実戦で毎回プレイが上達しているからだよ」

ウォーレン・バフェットの「学習マシーン」の話、覚えていますよね。試合に出場してどんどんうまくなる7人と試合に出られない5人。ジョン・ウッデンは、「不平等」

を見せつけることによって下位5人を刺激し、チーム全体を強くしていきました。このシステムを取り入れてから、過去最高の勝率を上げるようになったのです。

学ぶ達人のもとで学べ

皆さんが人生ゲームに勝てるかどうかは、学ぶ達人のもとでどれだけ多くを学べるかにかかっていると思います。学ぶのに長けている人、「学習マシーン」であることが習慣になっている人。こういう人たちのもとで、学ぶ練習を積んでください。

社会の上層部にまでのぼりつめたいというのであれば、すでにトップで活躍している人のもとで学んでください。

自分の子どもが脳外科手術を受けることになったとき、やる気もなく、ただルーティンで手術をこなしているだけの医者に手術をお願いしたくないでしょう。そんな医者が目の前に50人いたとしても、別の医者を探すはずです。向上心のない人たちに、航空機を設計してほしくないでしょう。

学ばない人は、バークシャー・ハサウェイにも必要ありません。有能な人のもとで学び、力をつけてください。

ノーベル賞受賞者のマックス・プランク[*6]の話をしましょう。私はこの話が好きで、よくするのです。

＊6　1858～1947年。ドイツ出身の物理学者。1918年、ノーベル物理学賞受賞。

彼はノーベル賞の受賞後、ドイツ国内をまわって、各地で量子力学についての講演をしました。すると毎日講演を聞いていた運転手が、その講演の内容を覚えてしまいました。そこで彼はプランクにこう言いました。

「プランク教授、毎日、同じことの繰り返しでとても退屈なのです。たまには私に講演させてくれませんか？　教授は、私がかぶっている運転手用の帽子をかぶって、一番前の席で楽にしていてくださいよ」

「それもいいね」

とプランク。

運転手は立ち上がって、演壇に向かいました。すっかり教授になりきった運転手は、長々と量子物理学について講演をしました。無事、講演が終わると、後ろのほうに座っていた物理学の教授が立ち上がって質問をしました。それはかなりいじわるな質問でした。すると運転手はこう切り返しました。

「ミュンヘンのような先進的な都市で、このような初歩的な質問をうけるとは驚きました。そんなこと私の運転手でも答えられますから、彼に答えてもらいましょう」

この話をしたのは、運転手のことを「機転がきいていたね」とほめるためではありません。この世の中には、大きく分けて二種類の知識があることを伝えたかったのです。一つはプランクが持っているような専門知識です。才能ある人が一所懸命身につけてきた知識です。そしてもう一つが、運転手レベルの知識です。その程度の知識があれば上から目線で得意気に講演することもできるでしょう。話し方がうまければもしかしたら聴衆に素晴らしい講演だと思ってもらえるかもしれない。でも最後はボロが出て、本物の専門家を頼らざるをえない。これが運転手レベルの知識です。

この運転手は、誰かと似ていますね。そうです、アメリカの政治家です。この国の政治家は、ほぼ全員、運転手レベルの知識しか持っていません。プランクのような本物の専門家を重用し、運転手のような人を責任ある立場から排除しようとすることがいかに難しいか、皆さんもこれからの人生で実感していくことでしょう。それをやろうとすると、大きな抵抗勢力があらわれます。

私の世代は、ある意味、皆さんに負の遺産を残してしまいました。カリフォルニア州の州議会をみてください。議員は右か左か、どちらかに極端に偏ったバカばかりです。そんな人たちが公的な仕事をすることを許してしまいました。しかも、どうやっても排除できそうにありません。これは私の世代が皆さんに残してしまったものです。でも皆さんが嫌だと思ったら、どんどん変えていってもらって結構ですからね。

強い好奇心を持て

もうひとつ、アドバイスをしましょう。

強い好奇心をもってください。

特定の分野で誰よりも秀でた専門家になろうとすれば、好奇心を強く持ちつづけなければなりません。私はこれまで多くの分野で、優れた専門家になろうと努力してきました。ところが、好奇心がわかないものについては、どれもうまくいきませんでした。ですから、私と同じように、皆さんも好きなことをやってください。もしできるなら、皆さんがもともと興味を持っていたことを仕事にしてください。

勤勉さを大切に

もうひとつ、皆さんが当然やるべきこと。

勤勉さを大切にしてください。

私はこの「勤勉さ」という言葉が好きなのです。「勤勉である」とは、実際に結果が出るまでコツコツと努力しながら待つということを意味します。

私は生涯、素晴らしいビジネスパートナーに恵まれました。なぜ私がこのようなパートナーを得られたのでしょうか。「彼らにふさわしい人間になりたいと努力した」「最高のビジネス相手を選択できるだけの知恵があった」「運がよかった」など様々な要因が考えられますが、何よりも、私の勤勉さが同じように勤勉な人を引き寄せたことが大きかったように思います。

たとえば、私が、あるときパートナーとして選んだ2人は、本当に働き者でした。彼らはすでに2人で、デザインビルド方式(設計・施行一括発注方式)の小さな会社を共同経営していましたが、その会社を立ち上げるとき、2人でこういう取り決めをしたそうです。

「二者間のパートナーシップにしよう。仕事はすべて平等に負担して、報酬は平等に分けよう。約束の期日までに間にあいそうもないというときは、仕事が追いつくまで、2人とも毎日14時間働こう。これがルールだ」

言うまでもなく、そんな勤勉な人たちが経営する会社が失敗するわけありません。彼らは、裕福になり、尊敬されました。もう亡くなってしまいましたが、働き者だったから成功したのです。簡単なことです。

逆境に気を取られない

もうひとつ、皆さんが当然やるべきこと。

人生では、つらいこと、嫌なこと、理不尽なことがたくさん起きます。そういうことにいちいち気を取られないでください。逆境に置かれたとき、立ち直ることができる人とできない人がいますがその差は逆境への向き合い方です。つらいときは、エピクテトス[*7]がどうやって人生の試練を乗り越えてきたか、参考にするのが一番いいでしょう。

エピクテトスは、「人生でおこるすべての不幸な出来事は、自分の行動を改善するためにある」と考えました。「逆境は何かを学ぶチャンスだ、自己憐憫に陥らずに、建設的な方法で生かしていくべきだ」、と。これは良いアイデアです。

＊7　50年頃〜135年頃。古代ギリシャのストア派の哲学者。著者に『語録』『提案』がある。

皆さんは、エピクテトスの墓碑に何と書いてあるか、ご存知でしょうか。彼は碑文に自分のことをこう記しました。

「エピクテトス、ここに眠る。奴隷、体に障害を持つ者。所有物は何もないが神々の寵児となる」

こういう人物として歴史に名を残したいとエピクテトスは思ったのです。

「この結果を見よ。最後は神々の寵児として亡くなったではないか。奴隷という境遇にありながらも、努力して賢人となったからこそ、神々の寵愛を受けることができた」

トラブルに備えよ

ここで、少しだけ、私が、時に慎重になり、時に日和見主義になる理由をお話ししましょう。これは祖父から学んだことです。

私の祖父は、連邦判事でした。町に連邦判事は祖父しかいませんでした。40年間も判事をつとめた祖父のことを、私は心から尊敬していました。私は祖父からチャールズという名前をもらいました。「今の私の姿をみたら、マンガー判事は喜ぶだろうな」と思います。私は孔子の教えどおりに、祖父の死後も祖父から学んだ価値を実践してきたからです。

祖父が判事だったころ、連邦判事の未亡人には年金が支給されない制度となっていました。祖父が貯金を残さなかったら、きっと祖母は生活に困窮していたことでしょう。

幸い、祖父は倹約家だったので、祖父が亡くなっても、祖母はお金に困ることはありませんでした。

　1930年代には、私の叔父の銀行が破綻しました。何とかして資金を集めなければ、再建できない状況でした。それを知った祖父は、自分の財産の3分の1を叔父の銀行に投入することにしました。銀行の不良債権と交換し、破綻した銀行を救済することにしたのです。祖父はこのとき人のために自分が損することを選びました。その後、投資したお金はほとんど戻ってきましたが、このときの祖父の行動を私は忘れないようにしています。


　大学では、アルフレッド・エドワード・ハウスマン[*8]の詩に出会いました。とても気に入ったので暗記しました。それはこういう詩でした。

「他人の考えは浅はかで、はかない。恋人に会いたい、運に恵まれたい、名声が欲しい。そんな考えで頭がいっぱいだ。しかし私は違う。問題にどう対処するべきか、いつも考えている。だから、何が起きても私の考えはぐらつかない。いつトラブルがやってきても大丈夫なように備えているからだ」

　トラブルを予測しながら、どうやって人生を送れるのか。そう疑問に思うかもしれませんね。でも私は生涯、トラブルに備えながら生きてきたのです。そのおかげで、エピクテトスと同じように、83年間、ずっと幸せな人生を送ることができました。

＊8　1859〜1936年。イギリスの詩人、古典学者。

いつもトラブルのことを考えていたら、心配ばかりして不幸になるのではないかと思うかもしれません。でも実際はその逆です。問題に巻き込まれたときに、十分に対処できるようにしていたから幸せになれたのです。常にトラブルに備えて生きてきて、損をしたことはありませんでした、それどころか大きなプラスになりました。

マンガー判事とハウスマンの話はこの辺にしておきましょう。

信頼関係を築け

最後のアドバイスになりました。

皆さんがこれから仕事をはじめると、「マニュアル」だとか、「注意事項」だとか、訳の分からないものをたくさん渡されます。しかしこれらは、最高の叡智を集めたものではありません。

最高の叡智は、信頼関係で結ばれた人間のネットワークの中にあります。

有機的に広がっている人的ネットワークにこそ、本物の知恵が結集しているのです。

マニュアルや手引書には載っていない知識は、その中にあります。

メイヨー・クリニック[*9]のオペレーションセンターを見てみれば、それは明白です。

スタッフ同士、お互い信頼し合っているからこそ、どんな状況下でも柔軟に、的確な判断ができるのです。弁護士がつくった注意事項にいちいち従っていたら、患者は皆、亡くなってしまうことでしょう。

＊9　ミネソタ州にある、全米で最も優れた総合病院のひとつ。

皆さんが弁護士になったら、注意書きやら手引書やらを売るために、営業にいかなくてはならないことも忘れないでください。それを売れば、儲けにもなるでしょう。でも、人生にマニュアルや説明書は必要ありません。皆さんに必要なのは、固い信頼関係で結ばれた人的ネットワークです。ある人と結婚したいと思っても、「この人との結婚には47ページもの婚姻契約書が必要だ」と思ったら、その相手とは結婚しないことです。

もうこの辺にしておきましょう。卒業式講演としては十分でしょう。この年寄りの知恵が若い皆さんのお役に立つことを願っています。

つまるところ、私は『天路歴程』[*10]の年老いた「真勇者」[*11]なのです。

私の剣は、私について巡礼の旅をする者に与えましょう。

＊10　イギリスの作家ジョン・バニヤンによる、17世紀ピューリタン文学の名作。

＊11　真実を求める勇敢な者、という意味。

解説　一世一代のスピーチに、12人が託した「未来」とは

「ハングリーであれ。愚か者であれ」
２０１１年10月、スティーブ・ジョブズが56歳の若さで亡くなったとき、世界を駆け巡ったのは、この言葉でした。ジョブズが２００５年、スタンフォード大学の卒業式で講演をしたとき、最後に学生に投げかけた言葉です。彼の死後、卒業式講演の映像も注目を集め、YouTube上で繰り返し再生されることになりました。現在、オフィシャル映像の再生回数は２０００万回を超えています。

スティーブ・ジョブズは、14分間の講演の中に、自らの価値観、人生観のすべてを凝縮させました。ジョブズについて他人が書いた本は多く出版されていますが、本人が自分の言葉で自分のことを話したのは、この講演だけではないでしょうか。

本書は、スティーブ・ジョブズと同じように、世界を変えた12人の卒業式講演をまとめたものです。

アマゾン創業者のジェフ・ベゾス、グーグル創業者のラリー・ペイジ、テスラモーターズ創業者のイーロン・マスク、ヤフー!創業者のジェリー・ヤン、アリババグループ

創業者のジャック・マー。ツイッターCEOのディック・コストロ、フェイスブックCOOのシェリル・サンドバーグ。

世界有数の投資家、チャールズ・マンガー。世界で最も影響力のある教育者の一人、サルマン・カーン。

俳優のトム・ハンクス、メリル・ストリープ、映画監督のマーティン・スコセッシ。

ビジネス、芸術、教育の各分野で、今、間違いなく世界のトップに君臨している人たちです。本書は彼らが肉声で若者に語りかけた貴重な記録です。もう二度と卒業式で講演しない人もいるでしょう。

アメリカでは「自伝を書いたら、もう現役ではない証拠」とも言われます。また彼らの一言一言は、世界経済に大きく影響します。そのため、世界のリーダーたちは自分の人生を公の場で語ることについては極めて慎重な姿勢を見せています。その唯一の例外が「卒業式講演」なのです。

講演は、だいたいが10分から20分。長くて30分程度。その短い時間の中に、彼らの叡智のすべてが凝縮されています。

この本に登場する12人を収録するにあたっては、3つの基準が設けられています。ひとつめは、「世界中の人々に大きなインパクトを与えた人物であること」。2つ目は、「日本との関わりが深いこと」。そして3つ目が、「講演内容の評価が高いこと」。アメリ力に数多く存在する卒業式講演ランキングも参考にし、過去10年間に行われた講演の中から、「最高のスピーチ」と評価されているものを収録しました。

アメリカで大学の卒業式といえば一大イベント。毎年CNNのニュースなどでも大きく報道されます。

私自身、2001年にコロンビア大学経営大学院を卒業したのですが、卒業式の熱気は今も心に残っています。1万人の学生と2万人の家族がキャンパスを埋め尽くし、まるでロックスターのコンサートに参加しているような感じでした。特にアメリカの大学の場合は、貧しい家庭の出身ながら奨学金で大学に通ったという人たちが数多くいます。彼らは一族の英雄。その卒業式には、入り切らないくらいの家族が押し寄せます。

そんな何千人、何万人もの聴衆を前に、誰に基調講演をしてもらうか。毎年、各大学が最も力を入れているのが講演者の人選です。大統領、国家元首、国王、政治家、創業者、経営者、ノーベル賞受賞者、作家、俳優、監督……。卒業生や大学と縁の深い人の中から学生の模範となるような人を選びます。

世界で活躍するリーダーたちにとって、大学の卒業式で講演をするというのは、とても名誉なことです。博士号やメダルを授与されることもあり、日本でいえば、勲章をもらうのと同じぐらいの栄誉です。だからこそ自分の生き方のすべてを包み隠さず若者に伝えたいと思うのです。

本書で12人のリーダーたちは、これから社会人となる学生に向けて、惜しげもなく、その「成功の秘密」を語っています。幼い頃をどう過ごしたか、どうやってチャンスをつかんだか。どのようにグーグルやアマゾンやヤフー!のアイデアを思いついたか。

成功者である12人が必ずといっていいほど語ったのが、不遇の時代の話でした。売れないコメディアンだったディック・コストロ、大学受験に3回失敗したジャック・マー、ロケットの打ち上げに3回失敗したイーロン・マスク、若い頃「君には才能がない」と酷評されたマーティン・スコセッシ、ネット上に「フェイスブックを永遠にダメにする人」と書かれたシェリル・サンドバーグ。誰もがつらい日々を乗り越えて、成功してきたことがよくわかります。

両親や祖父母との思い出を、語っていたのも印象的でした。シングルマザーだった母から〝忍耐の法則〟を学んだというジェリー・ヤン、祖父母から人に優しくすることの大切さを学んだというジェフ・ベゾス。ポリオが原因で若くして亡くなった父へのリスペクトを語ったラリー・ペイジ。

未来志向であることも共通していました。人類の地球外移住に向けて壮大な計画を語ったイーロン・マスク、大学時代にすでに自律走行車を思いついていたというラリー・ペイジ、人間が科学の力で細胞を創り出せる日も近いと語ったジェフ・ベゾス、ジョージ・オーウェルの未来小説をたとえに、現代社会を生きる術を語ったトム・ハンクス。

MITは魔法のような技術を現実にすると断言したサルマン・カーン。彼らには人類の100年先、1000年先の未来が見えているようでした。

　歴史から学ぶことも忘れていません。読書家として有名なチャールズ・マンガーは、孔子、エピクテトス、キケロなど多くの歴史上の人物の名言を引用しました。5歳のときから「無防備都市」を見ていたというマーティン・スコセッシの演説は、過去の映画への愛情にあふれていました。

　世界がこれから解決すべき問題についても言及しました。女性の地位向上を訴えたメリル・ストリープとシェリル・サンドバーグ。「退役軍人の力になってください」と繰り返したトム・ハンクス。ツイッターが世界情勢に与えた影響について語ったディック・コストロ。「新しくなった香港を不満に思わずチャンスだと思ってください」、と発破をかけたジャック・マー。

　12人それぞれ、バックグラウンドも分野も違っていても、成功者には共通した思考法や習慣があることが分かります。


　ミシガン大学での講演で、グーグル創業者のラリー・ペイジは、「クレイジーな人たちは、自然と群れをなし、……同じ方向に動く」と言っていますが、本書に登場する12人もまた意外なネットワークでつながっていました。

　ウォーレン・バフェットとともに投資を通じて世界経済に絶大な影響力を及ぼしてき

たチャールズ・マンガー。彼が手放しで絶賛しているのが、イーロン・マスクです。マスクはペイパルを売却した資金で、電気自動車産業や宇宙事業に進出しました。マンガーは２０１４年10月、メディアのインタビューで「イーロン・マスクは本物の天才だ」と賞賛しています。

マスクと同じく宇宙事業に乗り出しているのが、アマゾン創業者のジェフ・ベゾスです。マスクのスペースXとベゾスのブルー・オリジンは、ともに宇宙開発の最先端を行く企業として注目されています。

ベゾスがアマゾンを創業したのと同じ１９９５年に、ヤフー!を創業したのがジェリー・ヤンです。ヤンにいちはやく可能性を見出されたのが、ジャック・マーです。ヤンは現在もアリババグループの社外取締役を務めており、２０１４年のニューヨーク証券取引所への上場にも貢献したといいます。

ジャック・マーが大好きな映画「フォレスト・ガンプ／一期一会」で主役を演じたのがトム・ハンクス。「ユー・ガット・メール」にも主演したハンクスは、卒業式の様子をメールやツイッターで拡散してください、と学生たちに語りかけました。

そのツイッターでＣＥＯを務めるのがディック・コストロ。コストロが創業した会社を買収したのが、ラリー・ペイジ率いるグーグルです。

そのグーグルの支援をうけて、カーンアカデミーを運営しているのが、サルマン・カーン。カーンはハーバード大学経営大学院の卒業生ですが、その八学年上の先輩には、フェイスブックのCOO、シェリル・サンドバーグがいます。

サンドバーグは、2011年にバーナード大学で卒業式講演を行いましたが、その前年に同大で講演したのがメリル・ストリープです。サンドバーグは、メリル・ストリープを女性リーダーとして尊敬しており「すべての女性はメリル・ストリープの生き方から学ぶべきだ」とメディアのインタビューで語っています。

そして大女優メリル・ストリープが崇拝してやまない監督が、巨匠マーティン・スコセッシなのです。

このように、世界のリーダーたちは、お互いに影響を与え合って、ときに有機的につながりあい、未来をつくりあげてきました。本書は、そんな12人の軌跡の記録でもあります。


卒業式での講演は20代の若者に向けたものですが、どれも普遍的な叡智を含んでいるように思います。人類が、世界が、どの方向に向かっているのか。一流の人材になるためには、何をしなくてはならないか。この1冊から私たちの、そして、人類の未来が見えてきます。

講演の収録をご快諾くださった、Jeff Bezos 氏、Dick Costolo 氏、Tom Hanks 氏、Salman Khan 氏、Jack Ma 氏、Charles Munger 氏、Elon Musk 氏、Larry Page 氏、

Sheryl Sandberg 氏、Martin Scorsese 氏、Meryl Streep 氏、Jerry Yang 氏（アルファベット順）には心よりお礼を申し上げます。

許諾を得るために、多大なるご尽力をしてくださった、バーナード大学（Barnard College）、カリフォルニア工科大学（California Institute of Technology）、マサチューセッツ工科大学（Massachusetts Institute of Technology）、ニューヨーク大学（New York University）、プリンストン大学（Princeton University）、香港科技大学（The Hong Kong University of Science and Technology）、ハワイ大学ヒロ校（The University of Hawaii at Hilo）、ミシガン大学（The University of Michigan）、南カリフォルニア大学（The University of Southern California）、イェール大学（Yale University）の広報の皆様には心より感謝申し上げます。

また、バークシャー・ハサウェイ、フェイスブック、グーグル、テスラモーターズ、ツイッターの関係者の皆様、ご尽力いただき、ありがとうございました。

最後に、ともに許諾を得るのに奔走してくださった、文藝春秋の衣川理花さんに、心より感謝したいと思います。

本書が、読者の皆さんの未来を開く一冊となることを願います。

２０１５年１月

佐藤智恵

著者
ジェフ・ベゾス
ディック・コストロ
トム・ハンクス
サルマン・カーン
ジャック・マー
チャールズ・マンガー
イーロン・マスク
ラリー・ペイジ
シェリル・サンドバーグ
マーティン・スコセッシ
メリル・ストリープ
ジェリー・ヤン

＊著者プロフィールは本文参照。
＊本文中に登場する著者の肩書きは、2015 年 1 月現在のものです。

訳者
佐藤智恵（さとう　ちえ）
1970 年兵庫県生まれ。1992 年東京大学教養学部卒業後、NHK 入局。ディレクターとして報道番組、音楽番組等を制作した後、2000 年退局。2001 年米コロンビア大学経営大学院卒業（MBA）。ボストンコンサルティンググループ、外資系テレビ局を経て、2012 年、作家・コンサルタントとして独立。主な著書に『世界最高 MBA の授業』（東洋経済新報社）『世界のエリートの「失敗力」』（PHP ビジネス新書）。

協力　文藝春秋法務部

巨大《きょだい》な夢《ゆめ》をかなえる方法《ほうほう》　世界《せかい》を変《か》えた12人の卒業式《そつぎょうしき》スピーチ

二〇一五年三月十日　第一刷発行

著　者　ジェフ・ベゾス　ディック・コストロ
トム・ハンクス　サルマン・カーン
ジャック・マー　チャールズ・マンガー
イーロン・マスク　ラリー・ペイジ
シェリル・サンドバーグ　マーティン・スコセッシ
メリル・ストリープ　ジェリー・ヤン

訳　者　佐藤智恵《さとうちえ》
発行者　木俣正剛
発行所　株式会社文藝春秋
〒一〇二―八〇〇八
東京都千代田区紀尾井町三―二三
電話　〇三―三二六五―一二一一
印刷所　萩原印刷
製本所　加藤製本

万一、落丁・乱丁があれば送料当方負担でお取替え
いたします。小社製作部宛お送りください。
定価はカバーに表示してあります。

ISBN978-4-16-390227-2　　Printed in Japan